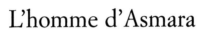

L'homme d'Asmara

À Matei.

Ioana Georgescu

L'homme d'Asmara

roman

ÉDITIONS
MARCHAND
DE FEUILLES

Marchand de feuilles
C.P. 4, Succursale Place d'Armes
Montréal (Québec)
H2Y 3E9
Canada

www.marchanddefeuilles.com
Mise en pages : Roger Des Roches
Couverture : Madeline von Foerster
Infographie : Sarah Scott
Révision : Annie Goulet

Diffusion : Hachette Canada

Les Éditions Marchand de feuilles remercient le Conseil des Arts du Canada ainsi que la Sodec pour leur soutien financier.

L'auteur remercie le Conseil des arts et des lettres du Québec de son appui financier.

Conseil des Arts du Canada   Canada Council for the Arts   Société de développement des entreprises culturelles   Québec   Conseil des arts et des lettres   Québec

Catalogage avant publication de Bibliothèque et Archives nationales du Québec et Bibliothèque et Archives Canada

Georgescu, Ioana

   L'homme d'Asmara

   ISBN 978-2-922944-66-2

   I. Titre.

PS8613.E57H65 2010   C843'.6   C2009-942745-1
PS9613.E57H65 2010

Dépôt légal : 2010
Bibliothèque nationale du Québec
Bibliothèque nationale du Canada

Showtime
1

Narguilé aux pommes, brandy Bolonachi, bière Stella et pois chiches à la vapeur

La reine d'Asmara

Elle est là, à deux pas de ma table. Grande, blonde, ornée de perles, de paillettes et d'un boa violet. Elle secoue les hanches, lève les bras au ciel, en pleine extension, les projette vers le public. Des gants rouges remontés jusqu'aux coudes épousent les fibres de ses biceps légèrement asséchés. Avec des souliers argentés aux énormes plateformes, elle a un peu de difficulté à maintenir son équilibre, elle trébuche de temps en temps. Sa robe dorée mi-longue laisse entrevoir des jambes maigres encore musclées. Le tissu brille sous l'effet des lumières, selon sa position devant le cercle rouge, jaune, bleu, vert, ou violet. C'est elle, la reine d'Asmara : le dernier numéro, le clou de la soirée. Je suis là pour elle, à cause de la promesse cachée sous son nom.

Le coup de tambour qui marque son entrée en scène est tellement fort que les convives sursautent sur leurs chaises recouvertes de velours rouge. Le son strident des trompettes perce ensuite nos tympans, tout en rythmant ses pas. Sous les réflecteurs qui illuminent son chemin, la silhouette de la *queen* se transforme en une série d'hologrammes.

Le souffle coupé, les yeux fixés sur la scène vide, nous avons d'abord subi le suspens de la révélation du maître de cérémonie. La musique, de plus en plus forte et entraînante, nous envoûtait.

C'est un homme rond et court qui a émergé des ténèbres. Muni d'une moustache en forme d'accent circonflexe, il a annoncé la bonne nouvelle. Applaudissements enthousiastes dans la salle parfumée au narguilé.

Encadré par le cercle jaune du projecteur, qui le suivait tout au long de ses singeries, il a introduit sans plus tarder le dernier numéro, celui que nous avions tant attendu. Il était survolté. Il a sorti de sa poche une montre en or. Son fez rouge vin de Basha était placé de travers sur sa grosse tête légèrement disproportionnée. Le ventre volumineux étirait l'habit brun en polyester. Avec une voix altérée par le micro des années 1950, il prononce à l'égyptienne : *And now, ladies and gentlemen, pleez oeulcom... za Queen of Azmara !* Un sifflement perçant a précédé l'annonce. Feedback oblige. Ensuite, ça a été l'écho. Toute la rangée de réflecteurs s'est allumée bruyamment, d'un coup sec.

La voici, en plan rapproché. Son visage est lourdement poudré. Sa peau noire semble ainsi un peu plus chocolatée. Ses cils enrobés de mascara doivent peser une tonne. Sur les paupières, une double ligne or et bleu turquoise, très épaisse, accentue des yeux à demi fermés.

Ce maquillage abondant cache des yeux tristes et fatigués. Des lèvres peintes en *shocking pink* bougent au bon moment, au rythme des sons qui sortent des haut-parleurs. C'est une bouche pleine de vie. La reine fait semblant de chanter en arabe, balance son corps, marche d'un bout à l'autre de la scène.

Elle descend, s'approche de ma table et s'arrête. Son regard perçant se reflète dans mes propres yeux qui sont de la même couleur. J'ai l'impression d'être devant un miroir. Elle me sourit de ses lèvres roses. Quel secret veut-elle me transmettre avec ses yeux bleu-vert de femme noire, avec sa perruque blonde et sa robe dorée ?

Je sens qu'une ligne invisible unit nos corps, celui de la reine et le mien, comme un tube plein de sang ; c'est comme si le sang parlait, hurlait dans nos veines unies par cette ligne rouge. Elle me lance un ultime coup d'oeil. Celui-ci, brûlant. Puis son expression change brusquement, son regard se replie vers l'intérieur, sous ses lourds cils bétonnés.

Une première flèche d'émotion frappe mon ventre. Mille faisceaux de laser transpercent ensuite le reste de mon corps. Je suis neutralisée.

Tout se fige sur la ligne rouge invisible.

Durant une fraction de seconde, j'oublie tout. Le temps se dissipe dans l'espace, voyage par allers et retours, comme une vague ou un nuage, entre les multiples passés et présents, d'ici à mes origines. Comme une bande VHS dans un vieux magnétoscope, la mémoire se déroule, recule, avance, jusqu'à l'arrêt sur une image précise, celle-là même que je garde précieusement dans mon sac : la photo d'identité de Habib.

Guide de mon voyage à Asmara, la photo est la clé qui nous unit tous. Elle est toute froissée, tellement je l'ai manipulée.

La photo d'identité

J'imagine comment son histoire a traversé nos vies d'un Est à un autre. Sur cette seule photo qui reste de lui, il regarde la caméra. Frontalement. Droit dans l'objectif. Probablement à Asmara. Ou bien était-il à Adis quand il a fait prendre cette photo de passeport ? D'après son expression contenue, il est clair qu'on lui a dit de ne pas sourire. Il est alors sérieux. Avait-il le fou rire, juste avant ? Et juste après, qu'a-t-il fait ?

Il est sans doute sorti le plus vite possible de la mise en scène. Peut-être s'est-il libéré en premier de la cravate qui serrait son cou de gazelle. Puis il a dû enlever cet habit noir qui le faisait transpirer. De quelle couleur était le T-shirt qu'il a aussitôt enfilé, déjà ?

Depuis le rectangle qui l'emprisonne à jamais dans cette pose officielle, Habib contemple la femme blanche qu'il a quittée dans la fleur de l'âge, sans explication, après la fameuse nuit où elle s'était évanouie d'amour. La nuit où Dolorès avait été conçue. Elle, c'est moi.

Souvenir d'Adina au cœur brisé, vieillie par les chagrins et la mort de son mari Leonhardt. Elle est en plein accès de rage. Prête à l'attaque devant le tiroir qui regorge d'albums et de boîtes portant son nom à lui, écrit en grandes lettres rouges. Il la sent sans pardon. Elle commence à détruire une à une les photos de l'amour de sa vie, oui, de Habib. Parfois méthodiquement, parfois chaotiquement, toujours avec force, elle les déchire, les découpe avec de vieux ciseaux. Il y en a même une qu'elle mord de ses fausses dents.

Habib voit tout ça depuis la seule photo épargnée. Il est là, dans cette minuscule prison rectangulaire, sous la vitre cassée. Par terre. Comme un déchet. Il ne peut rien réparer, mais il est content d'avoir survécu.

De son cadre démoli, Habib aperçoit une autre femme. Elle est plus jeune que l'autre, n'est ni blanche ni noire. C'est elle, la nouvelle gardienne de la photo. Dolorès. Il la voit en train de toucher doucement l'image qu'elle a sortie de la boîte en cèdre. La jeune femme a des yeux verts. Ou sont-ils bleus ? Comme pour lui, ça doit dépendre des vêtements qu'elle porte. Devant le miroir de ses yeux, il se rend compte qu'il ne sait rien d'elle.

La fille passe ses doigts sur le long cou de l'image, son image à lui ; elle suit les traits raffinés de Habib, le contour ovale de son visage, s'arrête sur ses grands yeux intelligents. Les cheveux de Habib sont coupés court. Elle regarde ses cheveux à elle. Ils sont pareils. Ce sont mes cheveux.

La photo est en noir et blanc, on ne sait donc pas avec précision si la peau de l'homme est très foncée ou pas. C'est une photo d'identité. Il est là, sérieux, avec sa chemise blanche, sa cravate sombre et son habit noir. Il est si fier, ce futur étudiant africain en architecture à Bucarest.

Le cœur serré, je touche la photo dans mon sac, dans ce bar du Caire. Oui, cette photo rescapée que j'ai traînée jusqu'en Afrique de l'Est. D'Asmara à

Massawa, je l'ai montrée. Combien de fois ai-je demandé : Connaissez-vous cet homme ? La même photo que j'ai aperçue, en *blow-up,* dans le ciel du Sinaï.

Ça me fait drôle d'avoir comme père une image unique et standardisée, en format passeport.

Que le spectacle commence !

J'ai abouti dans cet endroit invraisemblable à la suggestion d'Amina. Elle connaît les recoins les plus cachés de la ville. Quand elle a su que je revenais d'Asmara, elle m'a parlé de ce lieu et m'a incitée à y aller. Elle a ajouté : « Surtout, reste jusqu'à la fin, le dernier numéro vaut la peine d'être vu ! » Quand j'ai voulu en savoir plus, elle m'a tout simplement dit : « C'est une surprise. » J'aurais préféré qu'elle m'y accompagne, mais elle avait décidé de rester quelques jours de plus au Sinaï avant de retourner au Caire. Elle m'a toutefois promis que nous allions nous revoir avant mon départ.

Je suis arrivée dans un de ces taxis défoncés typiques du Caire. J'ai dit au chauffeur : *Hena.* Ici. Il a freiné bruyamment, comme dans un film d'action. Les petits souliers attachés au miroir ont été secoués. Le chauffeur s'est retourné, a pris les cinq billets brunâtres que je lui ai tendus. Je suis descendue, en faisant attention que ma jupe reste en place sur mes hanches. C'est alors que j'ai vu son visage. Il avait au front une *zebiba* proéminente. Ce «raisin», selon la traduction littérale, suscite normalement le respect et l'admiration. La bosse mauve est le sceau de la prière régulière et intensive, avec choc du front contre plancher. Dans les journaux, on fait pourtant état d'une mode parallèle: jeunes filles en jeans serrés et hidjabs branchés. Il paraît que certains hommes trichent pour arriver plus rapidement à avoir leur *zebiba*. Est-ce le cas de ce jeune chauffeur? Est-il un vrai ou un faux pieux?

Devant la porte ordinaire en bois épais, un homme corpulent garde l'entrée, les bras croisés. Il me scrute d'abord de la tête aux pieds et me fait signe de passer tout en empochant le bakchich, l'air condescendant. J'entre. Le contraste entre les néons du dehors et l'obscurité de la salle m'aveugle. Je ne vois pas bien le décor, juste ses contours dentelés. Je sens l'électricité de la foule en attente. Le bar est plein. Peu à peu, je commence à distinguer les formes. Rococo et arabesques: c'est la fusion des styles. Ambiance feutrée. La palette de couleurs se compose de tons de rouge et de mauves douteux, tout cela en clair-obscur. On se croirait dans un faux palais, un décor de cinéma.

C'est une boîte un peu malfamée. Sa spécialité : les spectacles de danse du ventre, dans une ambiance disco, avec des chansons en *lip-sync*. Parfois, il y a des surprises étonnantes pour le public éclectique, constitué d'hommes d'affaires et d'artistes en quête d'inspiration et de touristes à la recherche d'un exotisme garanti par le *Guide du routard*. Pour ça, il faut aimer le kitsch. Il y a très peu de femmes, seulement quelques étrangères, toutes accompagnées. Je suis l'exception qui confirme la règle.

Bien installée à la première table devant la scène, je subis un interminable enchaînement de clones, de Marlene Dietrich à la diva nationale, Umm Kulthoum. Couvertes d'or et d'argent, Cléopâtre et Néfertiti sont aussi au rendez-vous, pièces de résistance qui semblent avoir été empruntées au Village pharaonique pour touristes.

Un danseur du ventre arrive en grande pompe et surprend tout le monde par son allure. Il doit mesurer deux mètres. Sultan (c'est son nom d'artiste) renverse les rôles et mélange les genres : pirate, prince des contes arabes et… femme à barbe, comme dans les foires d'antan. Sa parfaite imitation des mouvements du sexe faible lui donne une allure presque comique, dans ce corps gigantesque.

Extrêmement gracieux, paré de bijoux étincelants, des clochettes aux poignets, à la taille et aux chevilles, il fait onduler son torse comme un serpent doré. Les mauvaises langues disent qu'il vient du Bronx.

Pendant son numéro, je me lève et je danse. La musique est superbe.

Sinon, le reste du temps, je demeure assise, remuant seulement les épaules, en attendant la *queen*.

Les secrets du mont Sinaï
2

Fanta aux cerises artificielles à la cime de la Montagne Sacrée

Oracles décalés : la vie et la mort sur fond de feux d'artifice

J'ai rencontré Amina près de Taba, non loin de la frontière israélienne. C'était après mon escalade du mont Sinaï, lors de mon transit égyptien, en rentrant d'Afrique de l'Est. Notre rencontre sur la plage de Basata a été brève mais forte. Le clair de lune rendait le sable brillant. On sentait encore l'odeur de poisson grillé du repas communautaire du camp. Nous avions l'impression que le ciel allait nous tomber sur la tête, comme une coupole de mosquée, tellement il était proche de nous, de cette mer bleu marine, sans vagues.

Amina Noor, la fille d'un cinéaste égyptien mort au summum de sa célébrité, en plein festival d'Alexandrie, était metteur en scène. Elle vivait à Londres, où elle jouissait d'une certaine notoriété. Quelques mises en scène audacieuses lui avaient valu des prix. Sa mère, une juive égyptienne convertie au christianisme pour échapper à la persécution, était une francophile inconditionnelle. Depuis la mort de son mari, elle avait sombré dans une profonde nostalgie et avait renoncé à sa vocation de traductrice littéraire. Son dernier travail avait été un roman de Robbe-Grillet. Elle avait donc fini sa carrière sur une note un peu aride.

Chaque année, lorsqu'elle venait visiter sa famille, Amina faisait un pèlerinage au Sinaï. Parfois la montagne restait muette, parfois elle révélait des bribes de réponses à ses questions, par allusions ou charades. L'oracle ne dit jamais tout.

Cette fois-ci, elle était en Égypte pour le travail. Elle avait commencé un projet inusité, une pièce qui allait être présentée dans le palais abandonné du grand vizir Saïd Halim Pacha, près de Talaat Harb, en plein centre-ville du Caire. Elle avait besoin de plusieurs mois de recherche sur place.

Moi, je lui ai dit que j'étais ici en transit, que je revenais d'Érythrée, sans donner de détails sur la vraie raison de mon voyage. Elle m'a parlé un peu de sa pièce et m'a avoué son obsession pour son double, Amina, femme du vizir et héroïne de la pièce. Elle m'a promis de m'en dire davantage et de me montrer ce palais du centre-ville que je ne connaissais pas quand nous nous reverrions au Caire, avant mon départ.

La capsule biographique de notre première rencontre s'était ainsi résumée à un échange bien elliptique.

C'est à mesure que la nuit avançait, sans aucun doute sous l'influence de cette lune immense, qu'elle a fini par me raconter son histoire avec un derviche tourneur. Le beau s'appelait Amr, mais elle se plaisait à l'appeler affectueusement «l'homme de tonnerre». Cet amour incongru allait se terminer par une dernière pirouette de notre danseur étoile. Amina prétendait que l'oracle du mont Sinaï lui avait prédit le début de l'aventure, mais pas la fin. Je l'ai crue.

Cette année, elle n'avait pas escaladé la montagne, donc la prédiction remontait à l'année précédente. Depuis, la saga a eu le temps de prendre de drôles de tournures.

À Amina, la montagne avait d'abord annoncé une bonne nouvelle : « Tu rencontreras un homme. La lune sera pleine, pour ajouter du sirop à la romance. Il te dira "je t'aime dix fois le Nil". (Comme le calcul se faisait en fonction du plus long fleuve au monde, il fallait s'attendre à beaucoup.) Pour un temps, il te fera perdre la tête. »

Amina avait voulu en savoir plus sur cette *love story* tordue, mais la montagne s'était tue. Il lui restait à vivre ce qu'elle devait vivre, c'est-à-dire les effets de la mésalliance, avec un air léger d'opérette.

Je crois en l'oracle du mont Sinaï. Il m'a déjà dévoilé des faits qui se sont avérés justes. Quelle histoire la montagne m'avait-elle racontée cette fois-ci, lorsque je lui ai donné la parole ?

À 2 285 mètres au-dessus du niveau de la mer, la voix du futur avait résonné de malédictions en série :

« Des bombes en bas, dans le Sinaï. Dans un petit magasin de Dahab, une amie à toi (je me suis demandé de qui il était question, le nom ne fut pas prononcé) sera la seule survivante. Elle cherchera, en vain, à arrêter les hémorragies des mourants avec des vadrouilles prises sur les rayons renversés. Le dernier à rendre l'âme fera une prière dans le bain de sang de ses jambes sectionnées. C'est à ce moment-là exactement que tu appelleras ton amie sur son portable. Elle te dira : "Je suis au milieu d'une explosion entourée de cadavres." Sous le choc, tu iras sur le site de la BBC, pour voir. Mais le mot est plus rapide que l'image. Dahab, qui signifie "or", deviendra la ville tachée de sang. C'est là que tu as rencontré Thomas, ce premier disparu de toute une série de fantômes. C'est étrange, tu as de la difficulté à te rappeler son visage. Ses traits se mêleront dans le flou des mirages et de la poussière, et la vie continuera. »

Après avoir nommé les autres lieux qui seraient frappés par une boule de feu (le Hilton de Taba, les hôtels de Sharm el-Sheikh et ensuite de Nuweiba), la montagne s'était tue.

Chose certaine, l'avenir prouverait que le monde sera un vrai feu d'artifice : Mumbai, Bagdad, Kaboul, Islamabad, Tel Aviv, Mogadiscio... Hôtels cinq étoiles, marchés, cafés, ambassades, rues en feu. Cadavres d'innocents carbonisés jonchant les lieux sinistrés.

J'étais restée en suspens devant les flammes annoncées. Je n'arrivais plus à lire dans cet écran de fumée. Immobile, en plein centre de ma géomythologie du désert, j'avais tourné le dos au futur, regardé d'abord vers la vallée rassurante du passé, puis levé les yeux. La ligne d'horizon qui réunit ciel et terre avait arrêté mon regard, ma pensée et le temps.

Rien ne bat le goulash de maman (Woody Allen et moi)

Le syndrome de Stendhal à 2 285 mètres d'altitude

J'étais arrivée en haut du mont Sinaï, le souffle coupé, après une escalade sans pardon. Le segment qui tue est la pente presque frontale de la fin. C'est là que l'aorte est prête à éclater dans le cou. Une brûlure aiguë traverse chaque méridien du corps. Mille aiguilles pénètrent chaque fibre saturée d'acide lactique. Les muscles restent bloqués et la bouche bée devant l'extrême beauté du paysage. Le mont Sinaï, il faut le gagner en athlète. En haut, la médaille attend toute une communauté bariolée d'alpinistes d'occasion. Ou doit-on dire des sinaïstes ?

Étourdie par l'altitude et le manque d'oxygène, j'avais la nausée. Le voyage était inscrit dans mon corps. Un tas d'histoires non résolues, des souvenirs non digérés. Une quête des origines qui m'avait portée jusque dans la Corne de l'Afrique. Mon dos courbé par un lourd bagage rempli d'anecdotes. Asmara dans mon corps endolori. La mer Rouge pompant des vagues d'eau salée dans mes veines. Des questions sans réponse flottant par-dessus ma tête, avec nonchalance, dans l'air raréfié.

Et il y avait ce présent, tous ces êtres de passage, tous ces pèlerins pris dans le trafic sur la montagne. Ils lisaient leur Bible usée par la prière, à voix haute ou à voix basse. Un rouquin en shorts avec beaucoup de poches livrait justement sa performance. Ses fausses Merrell fabriquées dans un pays du quart-monde garantissant un confort incontestable et ses bas blancs de sport, saupoudrés de poussière, avaient pris la couleur de la montagne. Visiblement concentré, avec son visage rose noyé de transpiration, l'homme murmurait les dix commandements. On ne peut pas juger ces mises en scènes d'enthousiasme mystique. À chacun le droit d'aborder le mont Sinaï selon ses préférences. S'il faut se remettre dans la peau de Moïse ou de Dieu lui-même, tant mieux. Ou, tant pis.

Le détachement de quelques joyeux Japonais fraîchement arrivés, eux aussi essoufflés, était digne d'admiration. Libres de tout fanatisme, ils prenaient des photos. Ils rigolaient et changeaient de place, tour à tour, dans la photo de groupe. Combinaisons, permutations, arrangements : ils sont tous passés devant et derrière la caméra. Exhaustivité bien inefficace : il y aura toujours un exclu.

De jeunes Anglais occupaient déjà la zone de roches plates, prêts pour une longue nuit de fête. Ils étaient munis de caisses de boisson et d'un *ghetto-blaster* chromé, avec un tas de boutons, des lumières et des amplificateurs aussi proéminents que des muscles de lutteur. Il fallait voir comment ce groupe allait être à la hauteur de la réputation de sauvages qui les suit d'Ibiza aux îles grecques.

Je suis passée à côté d'une roche où était assis un homme, immobile comme une statue. Il était seul, taciturne, triste, replié sur lui-même, dans son monde intérieur ; pas comme les autres, qui se donnaient en spectacle. Son regard se perdait vers la ligne d'horizon – cette ligne parfois ondulée, parfois dentelée, avec des franges. Muet devant le contour des montagnes si chargées d'histoires, il contemplait les courbes sinueuses de cet horizon qui résonnait encore de la voix de Dieu. L'homme était entré dans mon champ de vision et dans mon esprit en même temps. C'est curieux comment, en frôlant constamment la fine frontière qui sépare les êtres, on peut passer à côté de quelqu'un ou, au contraire, lui rentrer dedans. Je sais maintenant pourquoi je pense à lui : il ressemblait à mon voisin de siège sur le vol d'Asmara.

La foire aux touristes pressés pour la séance de photo se calmait. Les groupes qui avaient fini par faire le tour en vitesse disparaissaient dans la nature. Certains se cherchaient un nid pour la nuit ; ils seraient bercés par des sons *pop,* des prières, des chants religieux, ou secoués par des cris d'ivrognes. Cacophonie garantie dans l'attente collective du lever du soleil.

Derrière mon dos, les voix s'éteignaient peu à peu. Les corps semblaient bouger au ralenti, les bouches faisaient des grimaces muettes. Libre cours aux pensés égarées épousant les contours des nuages et des montagnes qui m'encerclaient.

Tout à coup, un chatouillement a traversé mon ventre. C'était une sensation comparable aux papillons d'amour. Un léger étourdissement accompagnait la sensation de vide qui creusait délicatement mon être. Ensuite, abandon au sublime, jusqu'au noir. Moment de flottement et de grâce qui n'a duré que le temps d'une étincelle. Éclair. Puis réveil devant le panorama, l'une des plus belles scénographies du monde. Avais-je rêvé ou avais-je vraiment entendu des prédictions divines ?

J'ai regardé une dernière fois la ligne d'horizon, en suivant le contour des montagnes, ensuite la pente du mont Sinaï. Sous ces reliefs, dans les plis et strates se cachent tant de promesses, de mystères et de surprises. Les escaliers et les serpentines qui

coupent le flanc de la montagne dessinent un parcours sinusoïdal vers l'inconnu.

Juste au moment où je pensais entamer ma descente, quelque chose m'a arrêtée.

Hocus Pocus : disappearing act

Dans un film de Woody Allen, la mère du personnage assiste à un spectacle de magie en compagnie de son fils et de sa bru. On la choisit pour
entrer dans le coffre du magicien chinois et le fils
l'encourage. Quand on rouvre le coffre, elle n'est
plus là. Le fils cache difficilement sa joie devant cette
disparition inexpliquée. Hélas, il retrouvera sa mère
là où il le soupçonne le moins, soit dans le ciel de
Manhattan.

Là-haut, elle couvre le ciel de son visage, avec
son immense bouche d'où sortent les quatre vérités. Encouragée par la foule en délire, elle devient
de plus en plus bavarde et partage non sans candeur à la cité entière des détails embarrassants de
la vie de son fils (ses épisodes de pipi au lit, sa re-
lation avec sa femme, cette *kurva,* ou « putain »,
jouée par Mia Farrow). Dans ce cinéma interactif
improvisé, les gens réagissent en lançant des conseils
ou en dévoilant leurs propres expériences. Un

dialogue échauffé anime la foule qui ne cesse de croître.

Le fils regarde vers le ciel, terrifié par le prochain aveu de la mère. S'il pouvait seulement la faire disparaître de nouveau et, par la même ruse, la faire taire !

Sur l'écran au-dessus du mont Sinaï, je vois à mon tour une projection géante. L'image apparaît d'abord brouillée. Ensuite, la résolution s'améliore. Je reconnais le visage en anamorphose, celui de Habib dans le ciel. Sous un nuage blanc, l'homme d'Asmara en deux dimensions. Ses traits deviennent de plus en plus clairs, mais sans expression. L'image se détache, commence à flotter dans le ciel, elle se défait aussitôt en grains au fur et à mesure qu'elle s'agrandit. Habib, comme la mère juive du film, couvre le ciel en entier ; il a la tête un peu déformée par cet écran panoramique. Le ciel résiste au cadrage.

J'observe le portrait pour une dernière fois avant qu'il ne disparaisse. Il est en noir et blanc, un peu délavé, jauni par le temps ; c'est le même que celui que je porte dans mon sac maintenant. C'est un père disparu et muet qui se présente à moi. Ce père que je voudrais attraper, retenir et faire parler. Mais l'image monumentale en est une silencieuse. Elle flotte au-dessus des têtes des touristes, qui continuent à prendre des photos et pour qui Habib est invisible. Mais moi qui le vois, je voudrais qu'il bouge, que sa bouche s'ouvre pour prononcer des mots. Hélas, il ne dit rien, pas un seul détail sur sa disparition.

Woody Allen aurait voulu pouvoir faire disparaître l'image de la mère dans le ciel, lui fermer la gueule. Moi, je désire le contraire. Habib demeure figé, emprisonné par le photographe dans un cadre officiel. Il est là, immobile dans le temps et dans l'espace. Il me regarde avec indifférence, depuis l'image générique et dépourvue d'émotion. Sans savoir qu'il est le protagoniste d'une saga familiale, il plane au-delà du mont Sinaï.

Puis l'image s'efface avec la même violence que sa disparition. Habib se cache derrière les montagnes, derrière les nuages, et plonge dans les vagues de la mer. Il reprend sa place de fantôme qui a hanté nos vies de mère et de fille.

Je bois une gorgée du Fanta tiède acheté au dernier kiosque et j'ai un nœud dans l'œsophage.

Portrait de famille éclatée sur fond de deuils en série

3

Whisky Irlandais *on the rocks*, cigarettes Kent superlongues et la mémoire des cendres

Eau, sable et poussière

Espoir. Désespoir. Retrouver Habib. Tout a commencé par une image en noir et blanc, enfermée dans une boîte de cigares cubains.

La boîte est en cèdre, l'image est une photo d'identité. Quand je décide de libérer l'image et de chercher Habib, le jour où la veuve Adina perd un peu la tête, Pandore, entourée d'un enivrant nuage de parfum boisé, sort de sa boîte et me montre le chemin vers l'Afrique.

Mais il n'y a pas que le noir et blanc pour parler d'un être absent. Sur le site de l'ONU, je découvre une photo en couleurs avec un nom et un titre pour légende : Hortensia Roth, lieutenant-colonel. Il y a aussi un journal de bord, des textes et des photos de sa mission. Des Africains et des Casques bleus travaillant ensemble près de la frontière controversée se tiennent amicalement par les épaules. Je lui écris à l'adresse à côté de sa photo. Pouvez-vous m'aider ? Elle répond aussitôt, mais m'avertit que la tâche ne sera pas facile. Elle a besoin d'une photo de mon père et de tous les renseignements dont je dispose. Comme elle doit voyager avec les observateurs de la Commission des frontières, elle est déjà loin quand je lui envoie la photo numérisée.

L'image de Habib commence dès lors un long voyage, parallèle au mien : de la boîte en cèdre à un ordinateur portable. Mais, entre nous, il n'y a pas que le décalage fixe et concret de la photo, mais aussi celui, immatériel, éphémère, perpétuel du jeu de cache-cache auquel elle s'adonne.

Habib, le visage ensablé, emporté par les vagues, évaporé vers les nuages, tombant sous forme de pluie ou ondulant sous forme de fumée. Dans le vent presque bouillant du désert, les contours de ce visage, défaits par la force des éléments naturels et du destin. Mémoire et prédictions fondues encore et encore dans les vagues du temps. Mouvement vers le haut, vers le futur. La crête de la vague suspendue en direction du ciel. Glissement vers le bas, ensuite vortex, passé et présent se confondant pour une fraction de seconde. Le fantôme de Habib disparaît dans les vagues. Il en ressort transformé en vapeur, puis en gouttes de pluie, il continue à se mouvoir dans les nuages, se fait happer par la fumée du café traditionnel qui se prépare dans le jardin de la villa italienne où j'ai habité à Asmara. Son histoire se dépose au fond des tasses, où le marc a dessiné une carte. Ces signes, seule Silas, la patronne de la Pensione Africa d'Asmara, sait les déchiffrer.

Habib la tête dans le nuage de poussière derrière le bus qui secoue les passagers sur la route spiralée entre Asmara de Massawa. Habib à l'existence incertaine perdu dans le bruit de ces villes.

Habib dans un train de nuit, dans un bus ou dans un avion, pour un long trajet. J'essuie la vapeur condensée sur la fenêtre ou sur le hublot. Je passe le doigt sur le film de saletés ou de condensation et je reproduis le portrait-robot.

Partout, sous et sur toutes ces surfaces, je cherche à compléter les traits figés dans le temps par cette seule photo que ma mère, Adina, a épargnée.

D'Asmara à Massawa, je montre la photo. Connaissez-vous cet homme ? Les réponses se multiplient. On l'a vu ici. Il est parti par là. Ici, là, où ? Les pistes s'embrouillent dans la rumeur.

Et cette femme que j'ai refusé de croire, qui a dit, en plein marché d'Asmara, voyant la photo derrière mon épaule : « *He ouman.* » Il femme.

Voyage vers les origines. Voyage en quelque sorte impossible, mais nécessaire. En route vers la mer Rouge, la mer du père. Détour à travers les souvenirs en marge de la mer Noire, mer de la mère. Voyage dans le passé et dans le futur. Fuite du présent. Pendant ce temps, l'image glisse entre les mains.

Arrêt sur l'âme (Adina, ma mère)

J'imagine comment cela a dû se passer et je ne dois pas être loin de la vérité. Ma mère, à quatre pattes sur le plancher de son luxueux appartement new-yorkais du Upper East Side, peu de temps après la mort de Leonhardt. Sa maison : un vrai bordel. Pyramides puantes d'assiettes. Bouteille de scotch vidée la veille, laissée pour morte sur le tapis. Cartouche de cigarettes déchirée. Même un caca par terre, le chien Pavarotti étant depuis longtemps privé de sorties. Cendriers remplis de mégots tachés de rouge à lèvres. Télé allumée depuis des jours sur une image de neige.

Au milieu de la zone sinistrée, la survivante d'une autre nuit d'enfer. Elle a pris des somnifères, aussitôt vomis. Le festival des cauchemars a envahi son sommeil constamment interrompu : visages boursouflés, couverts de cicatrices cousues de fil blanc. Du sang partout.

Adina au regard perdu dans un ailleurs non défini. Mains dans les poches trouées de son kimono. Mal au corps. Mal à la tête. Mal au cœur. Dans un geste de coquetterie, elle noue ses cheveux dans un chignon à la texture douteuse. Elle essaie de chanter, mais sa voix de diva déraille.

Se traîne à terre, se roule et s'allonge sur son kilim turc. Une montagne de photos autour d'elle. Elle cherche et trouve. Habib. Mon *habibi*, mon chéri. Enlacés. Si heureux. Ils sont là, dans une fête du club universitaire, sur une plage de la mer Noire, devant les montagnes, oui, les Carpates. Chaque fois, souriants.

Adina balaye du regard ces images de bonheur évaporé dans l'éther du temps et de l'alcool.

Soudainement, l'expression de son visage se noircit. Ses gestes sont de plus en plus rapides et incontrôlés. Elle mélange ces photos comme si c'étaient des cartes de jeu. Les étale, les soulève et les jette d'un coup. Les prend, une par une, avec une grimace devant chacune, sort la langue. Chaque photo est détruite avec la même violence. Ensuite, Adina prend les ciseaux et découpe ce qu'il en reste.

Mille morceaux sur le tapis. La vie de Habib devient un puzzle microscopique. Fragments irréguliers. Désordre. Mémoire déchirée. Découpée. Saccagée. Faire disparaître Habib. Couper, couper, déchirer. Je veux que toi aussi, tu sois mort. Je veux que tu sortes de ma vie. À jamais. Salaud. Où es-tu, mon *habibi*? Où es-tu? Adina éclate en sanglots. Elle ne peut pas hurler, sa voix se bloque dans un hoquet.

Elle sent qu'elle étouffe. Elle voit noir. Les déchets de l'amour restent par terre devant elle. Dans son cœur brisé aussi.

Le téléphone sonne et coupe son élan de destruction. Adina n'entend pas le message. Ses yeux sont grands ouverts. Son regard encore égaré. Mais il finit par s'animer. Adina reprend le mouvement au ralenti et dans le calme. Elle regarde cette dernière photo qui a échappé au massacre. Photo pour son visa ? Pour aller à Bucarest ?

Adina la met dans une boîte. Puis elle ramasse les déchets de sa rage. Elle met tout ça dans le panier. Éliminer toute trace de lui, se libérer. Se débarrasser du poids qui allait la hanter toute sa vie. Habib est dans une poubelle, mais pas sa photo d'identité. Sa photo de futur père. Père malgré lui. Mon père.

Mais le geste irrationnel de jeter l'âme de Habib est interrompu par un moment de lucidité. Elle s'arrête à temps.

Pour Dolorès, écrit-elle sur la boîte en cèdre où est restée enfermée l'âme sauvée de Habib, pour un temps du moins.

Enfant, je la surprenais, perdue dans son monde habité par l'illusion de ce retour. Des heures entières à regarder dans le vide en chantonnant. Enveloppée d'une tristesse muette, elle l'attendait, son Habib d'amour, son Habib haï de l'avoir abandonnée après la fameuse nuit d'amour dont je suis le fruit. Depuis cette nuit-là, elle n'a pas cessé d'espérer secrètement le voir réapparaître, mine de rien, dans le cadre de la porte.

Adina : la femme à la fenêtre. Oui, elle a attendu Habib, son marin, premier parti dans la mer des disparus, pendant qu'elle a aimé Leonhardt en attendant que la mort les sépare tous.

Le rêve américain (la mort de Leonhardt)

Aimer. Aimer un homme. Non, deux. Les hommes de sa vie. Les hommes de ma mère. Partis l'un après l'autre. Attendre le premier toute sa vie, jusqu'à sa mort à elle. Aimer l'autre jusqu'à sa mort à lui, et même après. Habib et Leonhardt. Mes deux pères, en noir et blanc.

Tout commence par un mouvement banal, celui d'une moto qui roule à toute vitesse vers la Floride et d'un train pour Chicago. Leonhardt et Adina. Sans le savoir, chacun imagine l'autre, en synchronie. C'est Leonhardt qui voit un peu plus loin dans le temps, jusqu'aux images d'un avenir pas très rose :

«Je te vois, Adina, mon amour. Tu lis un bon livre dans le wagon-restaurant et tu fumes. De temps en temps, ta pensée bifurque. Tu regardes par la fenêtre d'un air absent. Tu penses à nous, à Habib, à moi. Tu nous vois en double reflet sur l'écran de la fenêtre. Tu te demandes si Habib est à Massawa, parmi les carcasses de chars d'assaut. S'il est en train d'entrer dans la mer Rouge pour disparaître dans les vagues grises de Gurgussum. Tu te demandes : "Et Leonhardt ? Est-il déjà arrivé à Fort Lauderdale ?" Tu m'imagines et tu te dis : "Leonhardt doit être ivre de bonheur." Tu as raison. Je le suis.

«Le vent masse mon visage sur la route, qui se courbe de temps en temps. Je suis extatique lorsque j'approche un long camion de marchandise. J'arrive juste derrière et je fonce dedans à pleine vitesse. Maintenant, sous le camion, ma poitrine couverte de poils blancs, écrasée. Oui, blancs, depuis ce jour affreux passé dans les sous-sols des services secrets, où on m'a montré de près un bain rempli d'un liquide blanc. Mon corps aurait pu se dissoudre sans laisser de traces si les bourreaux avaient décidé de poursuivre la torture. J'ai quitté ce pays juste à temps pour me faire écraser sur une route des États-Unis d'Amérique. Le camion est tellement lourd sur ma poitrine. Mon corps est aplati comme une feuille.

«Un jour, Adina, tes cheveux seront aussi blancs que les poils sur ma poitrine écrasée. Ton cœur, broyé aussi, à jamais. Ta tête, bouleversée pour toujours. Tu prendras un bain chaud. Rouge de ton sang.

«Ion Ion, notre fils, entrera dans la pièce et te fera sortir du bain. Il veut te laisser le temps. Le temps d'agoniser, de mourir avec un vrai trou dans ta gorge, de souffrir encore un peu avant que le cancer t'enlève la dernière note du chant de ta douleur. Le temps de devenir complètement folle, pas juste un peu. Ravagée, couverte de contusions, tu t'éteindras dans un hôpital chic de Manhattan. Ion Ion, ton fils adoré par toi et mal-aimé par sa sœur, sera à tes côtés.

«Adina, diva de Carnegie Hall, réfugiée de la vie, je sais que tu n'as jamais cessé de penser à nous et que, dans ton paradis passéiste, tu nous retrouves de temps en temps, Habib et moi, avec des yeux amoureux. Tu danses un slow avec moi en te souvenant de lui, comme la première fois que je t'ai rencontrée.»

Le délire de Ion Ion

Si je parle moins de lui, c'est que mon frère et moi, nous avons peu de contact. D'ailleurs, je dois avouer que je l'ai détesté dès le moment où je l'ai su dans le ventre de ma mère, dans ce train de nuit, quand nous avons quitté la Roumanie pour Rome. Plus tard, à New York, enfant, il était le petit prince. Avec sa tête bouclée, ses joues roses et ses taches de rousseur, avec son air coquin, il charmait tout le monde. Ion Ion, l'enfant gâté pourri, le *mamma's boy* d'Adina et de toutes les mères autour. Ion Ion, le plus grand manipulateur que j'aie jamais connu. Je ne peux plus lui en vouloir, maintenant qu'il a subi les morts en série de Leonhardt, d'Adina et puis de Paul, son amant à lui. J'ai pitié, il est complètement perdu, mais je ne peux rien y faire.

Paul, l'objet d'un deuil collectif. Paul écrasé ? Paul explosé ? Paul aplati après le plongeon fatal ? Paul oublié dans les décombres de la tour infernale ? Toute une ville pleure les milliers de Paul morts dans cette explosion spectaculaire. Le drapeau américain est omniprésent. Le patriotisme a emballé les gens dans une anesthésie mièvre. Ça me donne mal au cœur, mais je comprends.

Ion Ion regarde dans le vide. Muet. Abasourdi devant la télé. Il se demande si Paul est tombé par la fenêtre avec les autres, en faisant ce bruit sec avec son corps qui s'écrase sur le ciment.

Ion Ion, celui qui a accompagné Adina dans son déclin ponctué par des ivresses de plus en plus fréquentes. Ion Ion, celui qui a fermé les yeux d'Adina, en poussant un cri étouffé, seul avec elle, dans la chambre d'hôpital.

Quand j'ai retrouvé ces notes dans un carnet oublié dans l'appartement après la mort de notre mère, j'ai compris sa douleur à lui, douleur devant sa beauté déformée par la maladie, qui avait fini par la tuer :

« Pendant que j'écris ces lignes, maman dort, le médecin est passé. Tache aveugle. Silence. Je ne peux rien faire. Bras en coton. Jambes en guenilles. Âme en feu. Tête pleine de vagues noires. Pensées en nœud au milieu de la nuit. Rideau gris de fumée au bout du tunnel. Les camions cassent la rue. Ils font un bruit infernal. Moteurs. Machines. Va-et-vient. Trous dans la rue, trous dans les trous. Je suis sourd et aveugle, je tombe dans le trou noir et dans le silence blanc. Tout à coup, maman, tu retrouves la voix. Et puis, la lumière dans tes yeux. Tu ris ; oui, je veux t'entendre rire. Je veux que tu me chantes un air d'opéra. Derrière le paravent, avec ton visage bosselé depuis ta dernière chute dans la cuisine. Un autre soir où tu avais trop bu.

Tu as perdu l'équilibre. Par terre, tu avais mal partout, à la tête, aux coudes, aux genoux. Tu gisais sur le plancher en tuiles. Maintenant, de la chambre blanche de cet hôpital, tu ne sortiras plus.

«Le docteur arrive. Ton visage est caché, car tu refuses qu'on te voie ainsi. C'est un chirurgien plastique. Il te dit: "Votre peau est encore belle, mais pas pour longtemps. Je pourrais vous arranger tout ça, vous injecter du botox." Tu refuses. Tu ne veux pas finir comme tes amies du Upper East Side. De vraies poupées mécaniques aux seins et au visage figés, aux lèvres gonflées et aux traits inexpressifs, marchant sur Madison Avenue habillées en Chanel. Le médecin culotté parti, tu me dis que tu as envie de le frapper, celui-là. Bientôt, tu n'auras plus la force ni de frapper, ni de parler, ni de chanter. Tu t'effondres dans mes bras à moi, le seul à être, ce jour-là, à tes côtés.»

Depuis les deuils à répétition, les voisins de Ion Ion entendent des bribes d'auto-interrogatoires. Sa voix change selon chaque personnage qu'il joue:

«Quel est ton nom? Ion Ion. Comment? Ion Ion Golden. C'est quoi, ce nom bizarre? Je suis le jumeau de nom de John-John Kennedy. Dommage que je ne sois pas son vrai jumeau. Je suis arrivé dans le ventre de ma mère de l'autre côté de la clôture de la guerre froide, par le train de nuit. Je suis né dans l'autre centre du monde. Tous les chemins mènent à Rome, dit-on. Je suis né tiré par des forceps sous les ordres du médecin Antimori, alors jeune premier de l'obstétrique. Je suis né en italien, moi, le John-John juif roumain. Enfant, j'ai regardé les archives lors de l'anniversaire de la mort de JFK et je t'ai vu, John-John. Nous avions le même âge arrêté par la télé. J'ai vu mon reflet et mon double saluer le président dans sa boîte. Mais nous n'avions pas le même manteau. Le mien était *made in Italy*, le tien, *made in USA*. Ou est-ce que je me trompe ? Peut-être que Jackie te l'avait acheté à Paris. Je te vois une dernière fois, John-John, tu es de nouveau dans un écran. C'est à ton tour d'être dans une boîte. Je te salue, mon frère amoureux d'une femme blonde. Moi, j'aime un homme brun tombé d'une fenêtre. »

« Que va devenir mon Ioni boy ? », m'a un jour dit Adina, dans un de ses rares moments de lucidité avant sa mort. Elle était inquiète pour son fragile fils adoré. Heureusement, elle est partie à temps, sans le voir sombrer dans la dépression. Quant à moi, je ne semblais pas faire partie de ses soucis. Elle ignorait à quel point les fantômes perchés dans notre mystérieux arbre généalogique allaient me hanter, et ce, jusqu'en Afrique de l'Est.

Cartographie de l'âme errante

Zoom in/zoom out

Je remets la photo de Habib dans mon sac, avec la forte impression d'avoir déjà été prisonnière du même rectangle qui enferme son passé. Je tourne dans un carrousel de folie et de mort, et j'ai le vertige.

Sous l'effet de l'émotion, je suis projetée hors de ce bar, de cette ville, de ce continent. Dans la transe provoquée par les mouvements et le regard hypnotisant de la *queen*, les fantômes transparents de ma *famiglia* éclatée ont dansé leur folie aux côtés des performeurs. Sur la scène des revenants, les acteurs lointains de mon existence ont agité la photo de Habib en signe de reconnaissance. C'est la clé qui nous réunit sur cette scène de travestis, c'est la clé de ma quête qui m'a amenée en Afrique. Je me détache, je m'éloigne. Je vois tout de haut comme si j'étais à bord d'un hélicoptère, d'un avion, enfin d'une fusée. Je vole autour de la Terre rêvée en couleurs, la terre du père disparu. À mi-chemin, je reconnais la péninsule du Sinaï. Triangle doré entouré de la ligne bleue de la mer Rouge. Je me demande où est la montagne sacrée. Je souffle sur le hublot. Sur la buée, je dessine avec mes doigts. J'écris «HABIB», comme cette fois où, enfant, j'avais écrit «NU» sur la fenêtre du train de la liberté.

Zoom sur le monde dont une partie est toujours dans l'ombre. L'Afrique, avec son Est en Corne, l'Est de mon père qui s'impose. Je le survole. Mais la boule tachée des cinq continents continue à tourner: l'Europe avec son Est sauvage, l'Europe de mon enfance apparaît dans mon champ de vision. Dans ce mouvement vertigineux de la Terre, passé, présent et futur se confondent. Comme un disque de Newton qu'on fait tourner très vite, tout devient gris. La carte est seule à capter ces couleurs du temps; elle fige celles de la vie en mouvement.

J'encercle d'un trait rouge, un à un, les points de mon parcours: Caire, Asmara, Massawa, mont Sinaï, Bucarest… J'essaie de démêler les temps multiples et décalés qui leur sont attachés. Je veux retrouver le relief de la terre et du temps arrêté dans cet espace aplati et distribué sous forme de mappe-monde. Du mouvement d'avant et d'après, on ne connaît rien. Seul le présent est capté par les photos militaires ou satellitaires. Sous chaque ligne et dans chaque rectangle se cache une multitude d'histoires. Les officielles, sont souvent tachées de sang. Les anonymes, en plus du sang qui les arrose, sont des histoires de cœur, de larmes et de rires, d'amour et de mort. La carte aérienne est le témoin lointain, silencieux et objectif de notre passage sur Terre. Vue d'en haut, Dolorès n'est qu'un point qui bouge, une troisième personne anonyme. En bas, mélangée aux autres points, elle dit «je», en essayant de prendre sa place. Je veux comprendre le sens de ce point qui se déplace à la recherche de son origine et je redescends sur terre. Le vent efface mes traces. Sur cette cartographie éphémère dessinée par mes pas, je cherche la clé de mon passé, à la cime et dans les strates des montagnes, sous le sable, dans les profondeurs des mers ou dans le ciel.

Sur la carte, les détails cohabitent avec les grandes lignes de plusieurs vies. Si loin, si proches. La Terre et la vie vues du ciel racontent plusieurs histoires à la fois.

Le guide bleu du pays rouge (Ertra, Érythrée)

4

Vitello alla Milanese
et tiramisu poudré de cacao

Sous l'œil bien veillant de Mussolini,
souriant sur la plaque commémorative

Confortablement installée à l'ombre d'un para-
sol jaune, la lieutenant-colonel Hortensia Roth
s'apprête à prendre une première bouchée du plat
du jour : une délicieuse escalope de veau. La por-
tion est généreuse. La viande et les *contorni* commencent à se refroidir dans le feu de la conversation.
Sait-elle déjà qu'elle va finir par décevoir cette femme
qui a mis tant d'espoir en elle ? Avec sa carrure im-
posante, elle rappelle la gardienne de prison dans ce
film de Lina Wertmüller où, pour survivre, le personnage de Giancarlo Giannini devient son esclave
sexuel. Hortensia se tient droite comme un bâton.
Elle porte son uniforme de l'ONU avec fierté, surtout le béret, qu'elle a bien ajusté, en angle, du côté
gauche. Tout cela, malgré la transpiration, qui a laissé
deux grandes traces foncées sous ses bras. Ses seins

imposants sont légèrement aplatis par les écussons. Le pantalon bleu marine serré épouse ses fesses en forme de cœur.

Son allure masculine est peut-être la stratégie qu'elle a trouvée pour survivre dans un milieu d'hommes ; ou, est-ce tout simplement son allure naturelle ? Seule coquetterie de Mme Roth : le rouge à lèvres, dont elle abuse pour une raison mystérieuse. Le choix de la couleur (un rose nacré) et la qualité (assez douteuse) lui donnent un air soviétique.

Quelques clients du restaurant l'ont saluée lors de son entrée triomphale et légèrement théâtrale dans l'enclave du restaurant Casa Degli Italiani. Ici, presque tout le monde connaît cette femme en habit militaire : à Asmara, elle a une réputation de phénomène. Il y a ceux qui se moquent de son apparence. Et il y a les jaloux qui envient son poste. Leur sourire hypocrite les trahit.

Une femme haut placée dans les forces de l'ONU stationnant à la frontière, c'est du jamais vu. Elle fait du très bon travail, surtout du travail humanitaire, ce qui lui a valu plusieurs décorations. Elle a retracé quelques jeunes hommes qu'on avait crus morts lors du dernier conflit sanglant avec l'Éthiopie. Et elle vient tout juste d'organiser des cours d'art pour les enfants du village, suivis de fêtes avec des danses folkloriques. Une ONG avait envoyé des boîtes de crayons de couleur, c'est

Mme Roth qui les avait distribuées, les enfants étaient si contents. Ils sautillaient et riaient.

Ce sont surtout les subalternes qui l'adorent, *les boys,* comme elle les appelle affectueusement. Elle est comme une maman pour les jeunes soldats en mission. À la frontière, elle met tout le monde au pas. Depuis son arrivée au poste, il n'y a eu aucun incident majeur.

Les mauvaises langues disent qu'elle picole en cachette, durant les longues soirées sans électricité. Et il paraît que ce n'est pas sorti de nulle part. Elle aime la grappa qu'elle se procure lors de ses voyages à Asmara. Cette fois-ci, elle est dans la capitale pour la fête nationale et pour une réunion d'urgence. À la dernière minute, elle a ajouté ce rendez-vous avec la jeune femme qui cherche son père.

Hortensia a fait son entrée dans le jardin de la Casa d'un pas rapide. Des gouttes d'eau coulaient sur son front, son visage était rouge. Après le long voyage de Barentu à Asmara, elle a eu juste le temps de prendre une douche avant de courir à la réunion concernant des militaires attrapés au bordel. Tout s'est bousculé sur sa liste, d'où ce retard considérable, qui n'est pas dans ses habitudes.

La distance sur la carte est trompeuse. En réalité, le voyage en jeep est long et pénible. Un jeune soldat aux taches de rousseur devait faire office de chauffeur, mais elle a insisté pour conduire. Prendre le volant l'a détendue. Elle a allumé la radio ; des airs révolutionnaires de Helen Meles, Yohannes Fetsum, Elsa Kidane et Dawit Zeragabr s'enchaînaient dans une grande phrase mélodique. Hortensia se déhanchait avec grâce sur son siège, malgré son gabarit.

La journée qui a précédé son voyage a été bien remplie de travail et d'émotions. Entre deux averses, Hortensia s'est accordé un moment de répit pour prendre quelques photos. Ce moment de grâce inattendu, volé au temps, elle l'a ressenti comme une récompense de la vie. Il faut dire que la photo est son loisir préféré. Elle n'a malheureusement pas le temps de s'y consacrer à sa guise. Dans son entourage, on trouve qu'elle a du talent. Des collègues et les membres de sa famille l'encouragent à exposer.

Juste avant son départ pour Asmara, le ciel de Barentu était gris, annonçant une autre de ces pluies torrentielles. Devant ce paysage qu'elle a trouvé photogénique, Hortensia est sortie munie de sa vieille caméra Leica. L'air était bon. Elle a pris quelques bouffées avec gourmandise, ce qui a aussitôt revigoré son système, éprouvé par une dure journée. Après avoir rédigé le rapport sur le scandale des militaires attrapés chez les putes, elle a rencontré des parents qui cherchaient leur fils disparu. Ces histoires la mettent à l'envers.

Au moment même où Hortensia appuyait sur le bouton de la caméra, une chèvre a traversé le cadre. Elle était *prise*. Soudainement, le vent a arrêté de souffler. Un fort coup de tonnerre a fait fuir sujet et photographe vers «le bureau». Hortensia courait à côté des jeeps blanches dans le stationnement improvisé derrière les baraques. En rentrant, elle est passée à côté de la rangée de chaises vides dans la salle d'attente.

Nombreux sont ceux qui viennent la voir parce que c'est une femme; les mères lui font confiance, espèrent qu'elle finira par retrouver leurs fils. La plupart du temps, Hortensia doit leur annoncer un décès ou avouer son impuissance.

La famille qui occupait ces chaises juste avant avait quitté les lieux en saluant Mme Roth d'une inclination respectueuse de la tête. Durant la rencontre, c'est la mère qui avait parlé en premier, les larmes aux yeux. Hortensia avait pris des notes, en écoutant dans le silence.

Hortensia avait d'abord finalisé le dossier de recherche pour cette famille en détresse. Elle avait souligné les nouvelles données importantes: le moment et le lieu où le fils avait été vu pour la dernière fois, entre autres. Aussi le témoignage d'un employé du port et compagnon d'armes était-il devenu muet de chagrin. Un cas difficile d'interrogation. Il avait été retrouvé à côté du cadavre de son ami défiguré par une mine qui avait explosé sous ses pas, sur la plage sauvage de Massawa. Hortensia avait placé le dossier sur une pile où d'autres histoires simi-laires attendaient d'être démêlées. Variations sur un même thème : les jeunes, les disparus et la guerre des frontières.

Sur le coin de la table, une chemise verte en car-ton est ouverte. Le dossier contient des pages noir-cies de notes et la photocopie d'une photo d'identité accompagnée d'une date et d'un point d'interro-gation. C'est la photo d'identité de Habib, qu'elle transporte dorénavant aussi en format électronique dans son ordinateur portable. Sur l'étiquette figure le nom de l'homme écrit au feutre noir, qui est à l'ori-gine du voyage de cette Dolorès à Asmara. Dans le dossier se trouvent aussi des transcriptions d'entre-tiens téléphoniques avec Dolorès et des copies cas-settes des messages qu'elle a laissés, expliquant en détail les motifs de son voyage. Hortensia a aussi ins-crit sur un autocollant les coordonnées de Dolorès à Asmara, avec les dates de séjour en Érythrée.

Une image vaut-elle mille mots ? Voilà le visage en noir et blanc de Habib, perdu, enfermé dans les pixels de l'image numérique. L'image que la lumière pâlit un peu scintille maintenant sur l'écran d'ordi-nateur. Le visage de Habib, que la photo a gardé à jamais jeune, voyage à la vitesse de la lumière. Comme pour rattraper le temps perdu. Mais ce n'est déjà plus une *photo*.

Habib avance dans le tunnel du temps et de l'espace à la vitesse d'une pensée de Dolorès ou d'un clin d'œil de Roth. Les yeux de la lieutenant-colonel sont rouges de fatigue, irrités d'avoir tant scruté l'écran.

Habib regarde Hortensia qui se frotte les yeux. La lieutenant-colonel voit flou. Non, ce n'est pas la grappa qu'elle a l'habitude de boire pour se détendre. C'est l'ordinateur qui lui brûle la rétine à petit feu. À présent, elle se demande comment faire pour retrouver cet homme qui est devant elle, en double vision. Elle a senti le désespoir de la jeune femme qui lui a tout raconté, elle croit qu'il est maintenant de son devoir de faire quelque chose pour elle.

Assise devant le pupitre couvert de papiers, devant la carte de l'Afrique plastifiée et collée au Scotch, elle est pensive. La carte occupe une bonne partie du mur de la baraque transformée en bureau. Chaque jour, Hortensia la contemple en pensant à sa prochaine mission. Elle ignore ce que chaque petit rectangle de cette tranche de terre figée par le satellite cache. Tant d'histoires en mouvement qui lui échappent. Il y a cette jeune femme qui lui a écrit pour lui demander de l'aide. Où se trouve-t-elle en ce moment, dans cette cartographie chiffrée ?

Pas loin, quelqu'un d'autre s'apprête à bouger dans la direction de Dolorès. C'est Amina. Les deux ne se sont pas encore croisées, car elles n'ont pas encore fait connaissance. Au début, elles se suivent en différé, mais elles finissent par se rencontrer sur une plage du Sinaï. La chance est de leur côté, car elles aiment, sans le savoir, les mêmes endroits. Chacune escaladera à son tour le mont Sinaï, pour écouter la voix du temps lui prédire des bribes du futur. Elles marcheront sur la même plage, mais leurs traces disparaîtront aussitôt du sable et la carte ne pourra guère les montrer.

À partir de l'écran encore allumé, Habib observe Hortensia qui observe la carte. Il est prêt à être identifié. Il attend. La lieutenant-colonel, épuisée par sa journée, joue avec ses cheveux blonds, signe qu'elle réfléchit. Elle sait que l'histoire de cette image pourrait s'écrire en mille versions.

Elle ouvre ensuite son agenda rempli de notes. Des listes, par ordre d'importance : cérémonies de la fête nationale, rencontre avec les collègues en poste dans la capitale, cocktail à l'ambassade. Il paraît qu'on a fait venir par valise diplomatique des saucisses du pays, des assiettes rouges et blanches en carton et du chocolat.

Elle met un point d'interrogation à côté du nom de Dolorès. Ensuite elle ajoute : «acheter la grappa».

Café *macchiato* et brioches italiennes parfumées à l'orange

Avenue de la Liberté

Pour la fête nationale, Asmara a sorti ses bigoudis. Les préparatifs sont en cours sur la rue principale : décoration des vitrines, installation de pancartes, d'ampoules multicolores et de guirlandes. On a hissé des drapeaux sur chaque arbre et chaque poteau. Des garçons d'à peine douze ans travaillent deux par deux pour écrire au pochoir des slogans sur la devanture des boutiques. L'un tient en place le carton, l'autre remplit les trous du pochoir avec de la peinture en aérosol ultra-toxique. Ils ne portent pas de masque. Quand le premier retire le carton, les vœux affichent les couleurs du drapeau. Les mots en rouge, bleu, vert, jaune apparaissent sous les mains habiles des garçonnets : *Congratulations May 24 !*

La rue principale est encadrée par deux rangées de palmiers, de cafés et de cinémas art déco :

Moderno, Roma, Impero. D'ailleurs, tous les édifices d'Asmara sortent tout droit d'un livre d'architecture et se posent en trois dimensions sur les artères tortueuses. Des vestiges des avant-gardes architecturales ornent la ville, mais ce sont les futuristes qui se sont le plus éclatés, avec le Garage Fiat en forme d'avion, ou avec la villa en forme de bateau de l'actuelle World Bank.

Hortensia Roth longe la rue de la liberté et des victoires provisoires. Difficile d'imaginer cette rue en théâtre ensanglanté et bruyant de luttes, de marches fascistes, d'émeutes d'opposants ou de militants indépendantistes.

En effet, la rue principale a changé de nom plus d'une fois, selon les caprices de l'histoire. De Mussolini en passant par Harnet, c'est le tour aujourd'hui du nom de Liberty Avenue.

Chassés-croisés

Devant la cathédrale catholique, une centaine de jeunes sont au rendez-vous. On peut vite voir qui est en retard. La grande horloge sur la tour ne ment jamais. Les jeunes se pavanent, les vieux aussi, élégants. Les cafés sont bondés. La musique joue à tue-tête dans les haut-parleurs depuis le matin. Les gens ont envahi la rue, ils circulent librement à la place des autos. La voix d'Helen Meles fait onduler les épaules des passants avec le *hit* du moment, *Resani (Forget me).*

Les expatriés sont de retour d'Allemagne, d'Italie, de Hollande… Bientôt, ce sera la fête. Grande comme dans les contes. Sauf que cette fois, au lieu des trois jours et trois nuits habituels, elle durera une semaine. Hortensia voit toute cette agitation et sourit. L'ambiance est de plus en plus électrique. Ça promet.

Elle profite de ses missions pour approfondir son rapport avec la ville d'Asmara, qu'elle aime de tout son cœur. Dès qu'elle en a la chance, elle se laisse porter par ses pas, en haut des collines, sur Harnet, parfois elle va à l'ancienne gare, sinon elle entre dans les cinémas ou dans un café, ou encore elle va au marché. Ces promenades sans but la détendent. Elles lui font oublier pour quelques heures sa vie réglée comme une montre suisse. Ses pas militaires se voient délicieusement ralentir.

Qui sait si Dolorès n'est pas déjà passée au même endroit, sur la colline de l'hôtel où loge Hortensia, le jour où elle a tourné en rond, étourdie par le mal d'altitude et la désorientation ?

Et Hortensia, a-t-elle croisé la vieille folle du marché qui avait dit à Dolorès: «*He ouman*»? Si oui, qu'a-t-elle bien pu lui susurrer à elle ?

Détours

Le jour du rendez-vous avec Hortensia, Dolorès se réveille à l'aube, sans doute à cause du trac. Elle a tout son temps pour se préparer, pas comme la lieutenant-colonel, qui est débordée.

Dolorès passe par le marché. Une foule bigarrée avance avec grâce devant les arcades blanches. Des rangées entières de robes bariolées sont accrochées devant les boutiques de tissus. L'odeur des épices lui brûle et lui chatouille agréablement les narines. Derrière un autobus en marche, un nuage de poussière agité davantage par les chiens qui courent derrière en aboyant la fait tousser. Ses yeux piquent. Lorsque le nuage se dissipe, elle voit tout à coup le labyrinthe animé et bruyant du marché, où des hommes et des femmes portent de lourds sacs en jute sur leur dos voûté. Dolorès se fraye difficilement un chemin à travers ce charmant chaos.

Pas très loin, devant l'église orthodoxe, elle voit une femme embrasser l'escalier. À l'ombre d'un arbre centenaire du jardin, la messe en plein air a commencé. Les gens sont assis sur l'asphalte. À côté des hommes, des femmes en blanc écoutent le prêtre en blanc qui chante avec une voix aiguë et nasillarde. Le son de ses chants lui perce le ventre. Elle entre dans l'église ; ça sent l'*edak*, le même encens que dans son enfance. Les fresques sont modernes. Il y a un bassin d'eau bénite à l'entrée, comme chez les catholiques. Dolorès, qui ne connaît pas très bien l'histoire des religions, s'interroge. Est-ce le rite avant le grand schisme ?

Sa mère, Adina, n'était pas pratiquante, Leonhardt était juif, le pays était communiste. Rien pour faciliter son éducation religieuse. Adina aimait seulement le faste, la théâtralité, la musique. C'est sa grand-mère Ileana qui emmenait Dolorès à l'église. Dolorès se souvient des chants sublimes à Pâques : *Cristos a înviat*, le Christ est ressuscité, dans l'odeur des chandelles, la chaleur excessive. Son grand-père Dinu restait à la maison, par principe. Les cloches commencent à sonner avec force. En plein berceau de l'orthodoxie, la fille d'une athée se surprend à prier.

Distraction

Quand Hortensia est sortie de l'hôtel, plus tôt, une scène devant la petite église à côté a retenu son attention. Elle a freiné comme une auto et, de plus en plus fascinée par le cortège festif, elle s'est assise sur les marches.

Deux hommes munis d'immenses et vétustes caméras VHS filmaient un cortège élégant. L'un en tête, l'autre à l'arrière. Ils marchaient tous au ralenti, sous la direction expressive du premier caméraman. D'après ses gestes, Hortensia devinait que ce metteur en scène improvisé ordonnait à ces figurants d'un grand jour : « Plus à droite, oui, comme ça, attendez, allez ! Arrêtez ! Action ! » Les robes traînaient dans la boue, il avait plu juste avant. La robe de la mariée, qui avait souffert dans le tournage, était maculée de taches rouges. Probablement du vin. Elle est descendue plusieurs fois de la voiture décorée avec des fleurs et des ballons.

Durant une fraction de seconde, Hortensia s'est perdue dans les détails, ses yeux suivant les contours des agrafes, des broches, des pétales, des bordures, des ourlets et des appliqués sur les robes. Les coiffures étaient de vraies sculptures.

Décidément, le caméraman perfectionniste n'était pas satisfait. Aucun progrès perceptible, malgré les nombreuses prises. Toujours la même expression désespérée du couple, extenué par cette journée particulière. La mariée en avait marre. Son mari cherchait à l'encourager. Enfin, la dernière prise, sous les applaudissements de la famille. C'était la bonne.

Hortensia a regardé sa montre. Elle devait se dépêcher. C'est donc d'un pas allègre qu'elle s'est dirigée vers la Casa Degli Italiani où, depuis un bon moment déjà, Dolorès l'attendait.

Une voiture blanche décorée avec des guirlandes en papier était garée au milieu du chemin.
Le signe «*Just Married*» sous la plaque d'immatri-
culation était arrosé de boue.

Jus à la mangue fraîche
et *panini con prosciutto*

Temps dilaté et points de vue multiples

Le restaurant en plein air de la Casa Degli Italiani est protégé par de hauts murs et une grande porte en bois. Au milieu, il y a les tables avec des parasols. Le jardin rectangulaire est bordé d'un édifice à colonnes, rappel d'une ère coloniale particulière. À l'intérieur se trouve un club privé italien. Sur une plaque de marbre, le nom de Mussolini sonne la cloche des temps révolus.

L'ambiance est paisible, ça sent bon, on entend le bruit des tasses et des assiettes. *Cling cling.* Au menu : *vitello*, lasagnes et tiramisu.

Hortensia frémit devant le plaisir annoncé par les parfums qui se dégagent de la cuisine. Elle franchit le seuil de la porte en bois et fait cette entrée dont il a déjà été question, d'un pas décidé, consciente de tous ces regards posés sur elle. Sa tête haute tourne comme une caméra de surveillance.

Elle repère tout de suite la jeune métisse assise à une table au centre du jardin. Elle porte une robe rouge sans manches. Son sac et ses lunettes de soleil sont déposés sur la table, à côté d'un verre de jus multicolore. Seuls les habitués du lieu connaissent le secret savoureux de cet arc-en-ciel orangé aux nervures roses. D'après l'air inquiet de la femme, attentive à chaque mouvement, les yeux rivés sur l'entrée, Hortensia devine qu'elle doit attendre quelqu'un. Oui, la femme, c'est Dolorès. Elle observe les lieux, en attendant qu'Hortensia s'approche.

Au fond de la salle, un homme blond plonge le nez dans une pile de cartes postales. Il lève la tête et reconnaît la femme à la robe rouge. L'autre jour, au Caffè Moderno, il est entré en collision avec elle, sous les yeux navrés de la serveuse, qui venait de faire tomber une bouteille de Coca-Cola par terre entre leurs pieds. Dans la cohue et l'embarras, ils ont oublié de se présenter.

Tout le monde se connaît et se reconnaît à Asmara. Justement, il y a les correspondants des grandes chaînes, assis à la même table. L'ambassadrice d'un pays du Nord rit fort. Dolorès capte la conversation de deux dames françaises. À en juger par leurs muscles saillants, elles doivent suivre un programme d'entraînement. Et ce groupe autour de deux tables assemblées ? Hommes d'affaires, travailleurs d'ONG ou diplomates ? Car pour être

à Asmara, il faut avoir une raison officielle, si on se
fie à une question récurrente : *Why are you here ?*
Pourquoi êtes-vous ici ?

Quelques touristes égarés dans ce paysage humanitaire sont trahis par leur peau rose fuchsia et
par les vêtements tout droit sortis du guide *Lonely
Planet*. Des expat' et des familiers du lieu se mêlent
à la clientèle officielle.

Les protagonistes sont presque les mêmes.
Seule la lumière et les menus changent.

Intermezzo, en attendant Hortensia

Une vieille Fiat 500 s'arrête devant les portes
du restaurant, peu avant l'arrivée d'Hortensia. Le
bruit de freins mal huilés fait sursauter Dolorès.
Elle surveille l'entrée, les yeux rivés sur la fente de
la porte entrouverte. L'attente lui semble interminable. La voiture maintenant silencieuse déclenche
chez elle un voyage dans le passé. Elle revoit la Fiat
rouge de la sœur de sa mère. Les dimanches d'été,
on ouvrait le toit lors des balades en périphérie de
Bucarest, là où il y avait un grand lac et un palais.
Elles se baignaient dans l'épaisse eau brun-vert.
Les reflets du palais rose se déposaient sur les corps
glissant agilement parmi la végétation abondante.
C'était avant son exil.

Tel un éclair, le souvenir de l'odeur du lac est revenu à sa mémoire. Mais celle de la friture court-circuite tout. Les côtelettes de veau pané de la Casa Degli Italiani la ramènent dans le présent.

Une légère nervosité l'habite à la seule pensée de voir la lieutenant-colonel en chair et en os. Dans ce pays rouge de nom, rouge de sang et de guerres, Hortensia est en mission de paix. Dans son pays blanc du Nord, elle est en guerre avec un homme. Mais la photo trouvée par Dolorès sur le site Web ne raconte pas ça. Elle montre seulement une femme aux joues roses et aux cheveux blonds délavés par le soleil du Sud. Dolorès se demande si les yeux d'Hortensia sont aussi bleus que son béret de l'ONU.

Impatiente devant la promesse de cette rencontre, elle balaie du regard les scènes qui se jouent dans ce restaurant. Fascinée, elle observe les tables, elle écoute les conversations des voisins, elle invente des histoires. Quand l'homme blond finit sa correspondance, il lui fait un signe de la main.

Elle baisse ensuite la tête, écrit quelques lignes dans un carnet; tout à coup, elle n'entend plus rien. Quand elle relève la tête, il y a un tas des lèvres qui remuent dans le vide.

Sur ce fond de cinéma muet, elle pense à ses dérives des derniers jours.

De long et en large, elle a traversé Asmara à la recherche de Habib. Elle est entrée dans chaque magasin et dans chaque bureau de police, a pris des rendez-vous au ministère de l'Intérieur, fait le tour de l'université. Elle a composé chaque numéro susceptible d'être celui qu'elle cherchait dans les pages blanches. Partout, on haussait les épaules tout en parcourant les registres, sans succès. Un immense point d'interrogation se dessinait sur les visages désolés.

Connaissez-vous
cet homme ?
5

Spaghettis *alla bolognese* et raviolis chinois

Le plus grand secret de l'Afrique

Combien de fois l'a-t-elle jouée dans sa tête, cette fantasmagorie qui a si peu à voir avec la ville qu'elle allait découvrir ?

Terre ravagée par les guerres à répétition. Chemins poussiéreux. Carcasses de chars d'assaut, camions rouillés, renversés. Champs asséchés, semés de vieilles mines prêtes à exploser. Survivants boitant derrière des troupeaux de chèvres. Enfants, vieillards, filles ou femmes, les mines ne font pas de discrimination.

Soleil brûlant, terre aride. Enfants rachitiques au ventre enflé courant le long des routes. Famines et guerres à l'horizon. Bientôt, on verra à la télé des enfants gisant dans la poussière, moribonds. Les mouches se colleront sur leurs visages déshydratés, mais il sera trop tard. À l'abri de l'écran, le Premier Monde s'empiffrera de sushis.

81

Dolorès avait cru deviner le reste. Mais elle n'avait jamais estimé la surprise que lui réservait cette ville. Telle une carte postale cachée dans les pages jaunies d'un vieux livre d'histoire, Asmara allait se déplier et animer ses volumes dans des formes étonnantes.

Même le film en noir et blanc sur l'Indépendance, qu'elle avait visionné avant son départ dans l'espoir d'y trouver un indice du paysage, ne l'avait pas préparée à ceci.

Dans sa version vivante, tout devenait coloré. Dolorès avait fait un saut dans l'écran et dans la carte postale, la tête la première, et Asmara lui avait souhaité la bienvenue dans ce décor digne de Cinecittà.

D'un côté, la ville image, et de l'autre, la ville expérience. Un jour, elles se conjugueraient, dans une tresse faite de dérives, d'émotions, de rencontres, d'accidents et de météos variées. Asmara : le secret le mieux gardé en Afrique.

Il était une fois Mussolini. Le petit homme devenu grand fit d'elle la reine des *ismes* artistiques et politiques, et la transforma en terrain de jeu. Il lui apprit l'a b c de la dictature et les architectes italiens lui dessinèrent des cinémas art déco, un garage futuriste, des villas cubistes, fonctionnalistes et expressionnistes. La ville entière fut enveloppée dans un nuage parfumé de bon café et de pâtisseries.

Les fascistes partirent. La langue et les habitudes restèrent. Un jour, les Chinois arrivèrent et construisirent un hôpital. Ils montrèrent aux jeunes comment écrire des slogans avec leur corps. Le laboratoire africain du *fascio* déménagea ainsi dans le stade, pour qu'on s'y exerce aux arts martiaux de la nouvelle propagande. La Chine apprit aux jeunes à bouger, aux fanfares à jouer la musique qui enflamme les masses, à son président à faire taire l'opposition.

Asmara résisterait-elle encore longtemps, en belle Italienne, en *piccola Roma*? Asmara la Chinoise la détrônerait-elle, avec ses grands pas de camarade?

Asmara la mulâtresse. Du père italien, elle hérita d'une deuxième langue, de l'architecture, du cappuccino, du *macchiato* et de la statue du Duce dans le jardin de l'ambassade. Elle était belle et fière, comme sa mère africaine, qui lui avait donné sa vraie langue, le tigrigna, qui avait couvert de voiles blancs sa robe multicolore, qui lui avait transmis le don de la musique et de la danse, mais surtout, de la chaleur et de la générosité.

Moderne et coquette, Asmara porte aujourd'hui des jeans dernier cri. Elle se fait belle pour le grand jour. «Gloire aux martyrs», dira le président dans le micro du stade. Non loin, les frontières seront toujours en alerte, près du village coupé en deux de Badmé, la fausse excuse du nouveau conflit.

Mais Asmara continue à sourire, confiante dans la victoire, tout comme les survivants à la tête pleine de scènes de folie et de cauchemars. Ils ont vu des corps découpés par les mines, mais ils consolent les autres, effrayés par les horreurs qu'ils entendent de leur bouche.

C'est dans cette ville-cinéma de l'art et de la guerre que Dolorès aura déambulé. Au début, avec des pas désorientés, après, sous la baguette magique de Habib, téléguidée par lui, maître de cérémonie invisible et cruel. Dolorès, persévérante.

Ingera, zigni
et le falafel avarié du Caire

Venez quand vous voulez!

Dolorès se demande si la nausée à son arrivée à Asmara la veille était due à l'altitude ou au falafel ingurgité à la hâte, au moment du départ du Caire.

Chose certaine, pendant toute la nuit, son corps entier a été secoué par des tremblements violents. Elle a déliré, a rêvé d'une tête de cire qui fondait, puis d'une tornade rouge sang. Sa tête était un tremplin d'où plongeaient les monstres. Des corps déformés et lourds comme le plomb atterrissaient dans son lit. Ils la poussaient et l'écrasaient. Ensuite, plus rien. L'obscurité totale a effacé tout repère de temps.

Tout à coup, un rayon de lumière a percé la fenêtre et les sons ont commencé à pénétrer dans la pièce. Asmara se réveillait dans le chant des coqs, les appels à la prière musulmane, le son des cloches chrétiennes, surtout.

Étendue sur son lit, Dolorès écoute, les yeux fermés. Dans la cour, des femmes chantent en préparant la nourriture et le whisky fait maison pour le mariage du frère de la patronne.

L'interminable nuit de torture, le baptême d'Asmara, est déjà de l'autre côté. Les ombres de la nuit cèdent la place à la lumière. Sous ce nouvel éclairage, l'architecture de la pension se laisse découvrir dans toute sa splendeur. C'est une villa italienne cubiste.

Au milieu du jardin fleuri, ce n'est pas le Duce, comme chez les voisins de l'ambassade italienne, mais un autre grand homme en bronze. Octavian Augustus tend la main avec la grâce d'un danseur du Bolchoï. Quelqu'un lui a mis une fuchsia sur la paume.

Un escalier en marbre, brisé par-ci, par-là, occupe l'entrée. Tout est légèrement en ruine, ce qui donne au lieu un air de noblesse décadente. Dans un mélange de genres, la chambre de Dolorès rappelle l'ambiance des appartements communistes de Bucarest ou de Berlin-Est. Le mur à moitié beige, à moitié pistache, est traversé par une ligne horizontale brune. Le lavabo et les trois meubles (lit, chaise, penderie) sont des années 1960. La chambre est presque vide.

Dans la salle de bain en marbre, un miroir patiné reflète son visage blanc de craie. Elle passe de l'eau sur son front. La minuscule fenêtre donne sur le jardin de l'ambassade de l'Italie. Au milieu, une statue tourne le dos et refuse de dire son nom. Le vent frais entre par les mailles de la moustiquaire. Enfermée dans le cabinet, Dolorès a l'impression que la villa, le jardin et l'homme en bronze tanguent. Comme si elle était sur le *Titanic,* dans le carrousel du Luna Park ou au milieu d'un tremblement de terre.

Une envie d'air frais la fait sortir d'urgence. Mais, dans son élan, elle oublie qu'elle est à 2 000 mètres d'altitude et que l'air est rare. Quelques pas dans la rue voisine suffisent pour qu'elle se sente encore plus étourdie. Le mal de cœur lui tord le ventre. Lentement, elle se dépose sur une marche d'escalier, au hasard, elle se plie et crache des gouttes verdâtres. Inerte devant son dégât, elle se tient la tête des deux mains.

De la cour intérieure, un homme vient à son secours avec de l'eau et une serviette. Pour le reste, la sœur de l'homme, qui est infirmière, s'en occupera. Dolorès proteste. Un garçon joue non loin. Sa sœur, munie d'un seau d'eau, part à l'attaque de la flaque de vomi, tandis que dans la maison, on boit du thé et on fait la conversation. L'homme raconte un peu sa vie : il est chauffeur dans une ambassade du Nord, divorcé ; sa femme vit en Allemagne avec son nouveau mari et un nouvel enfant. Et vous ?

Arrivée par le ciel qui sépare le Caire et Asmara, Dolorès était tombée directement dans un enfer physique. Déjà dans l'avion, elle le pressentait. Quand elle avait touché le sol, c'était devenu clair. Le taxi l'avait déposée devant le majestueux escalier de la Pensione Africa juste à temps. Elle avait traîné son sac et frappé plusieurs coups à la porte. Une femme endormie avait fini par ouvrir et lui avait montré la seule chambre libre. Dolorès s'était écrasée sur le lit tout habillée. Peu de temps après, elle avait senti la maison tourner, son ventre se nouer. Elle avait touché son front : elle faisait de la fièvre. Dans le désordre, elle avait vu défiler des images d'épouvante, visions entrecoupées de vomissements violents. Il lui semblait que la bile lui sortait par tous les orifices. Et cette fièvre qui montait à toute allure. Il faisait très noir.

Mais Dolorès tire sa révérence sans avoir eu la force de raconter tout ça, ni de parler d'elle. Elle est déjà à la porte en train de faire des remerciements, lorsque l'homme lui dit en lui serrant la main : « Venez nous voir quand vous voulez ! »

Café traditionnel et gomme à mâcher Chicklets *tutti frutti*

À l'ombre de la statue d'Octavian

Assise sur le banc du jardin de la Pensione Africa, Dolorès est songeuse. La pluie a cessé. La statue, encore mouillée, semble la regarder. Quelqu'un a enlevé la fleur de la main d'Octavian. Un jeune enfant joue avec un bâton près d'un puits. Dolorès se sent si bien sous l'arbre fleuri. L'ambiance est paisible en ce premier après-midi ensoleillé.

Elle n'est plus cette personne qui voulait, en arrivant, disparaître, se sauver de cette ville. Une fois la fièvre tombée, la courbe de ses humeurs a d'abord légèrement oscillé pour finalement basculer vers un oui enthousiaste à la ville. La lune de miel avec Asmara est déclarée en ce premier jour de soleil.

Combien de temps s'était-il écoulé avant qu'elle ne descende sans trébucher les marches en marbre pour franchir la porte et continuer à suivre la ligne ondulée de la rue ? Le trottoir longeait le mur de la pension, il se courbait sous les pas encore instables de Dolorès. En traversant l'intersection étoilée, elle avait même failli se faire renverser par un vélo.

Elle avait d'abord tourné en rond, ne comprenant rien de la toponymie, pour partir ensuite à l'assaut de la ville, son sens de l'orientation encore brouillé, ses perceptions encore altérées par les longues heures passées au lit, sans manger. Elle avait arpenté les rues en s'abandonnant avec désinvolture aux caprices et aux accidents du paysage. La ville l'avait portée sur ses épaules, car elle était encore faible. À chacune de ses inspirations, les rues entières tournoyaient devant ses yeux. Cependant, elle était enivrée par l'odeur des trottoirs mouillés.

Sans s'en apercevoir, elle s'était rendue en haut d'une colline où des autobus passaient à toute allure. Tout à coup, la pluie s'était mise à tomber avec force. Le ciel était pourtant clair quelques minutes auparavant ; d'où sortait alors toute cette eau ? La violence des rafales l'avait surprise. Elle avait couru s'abriter sous le porche en bois d'un magasin. Un groupe d'enfants chrétiens sortait d'une école italienne, et un autre, d'une école musulmane. Ensemble, ils couraient dans la rue, sous la pluie.

Était-ce un Coca-Cola ou un Pepsi qu'elle avait bu en attendant que l'averse cesse ? Le ciel s'était ensuite dégagé aussi vite qu'il s'était assombri.

Dolorès avait pris le même chemin que les écoliers. Un chemin en pente descendante ; on ne se trompe pas de cette façon. Au bout l'attendait une belle surprise : le garage futuriste de Fiat en chantier. Le site ressemblait à une installation de Christo. Sous la toile translucide qui enveloppait le fameux garage en forme d'avion, Dolorès pouvait seulement deviner les formes déjà vues dans un livre d'architecture. Sur une autre page de ce livre figurait d'ailleurs la pension cubiste où elle habitait.

Il fait si bon dans ce bel Eden fleuri de la Pensione Africa. L'herbe est encore mouillée. L'arrivée d'un groupe de femmes interrompt la rêverie de Dolorès. Discrètement, du coin de l'œil, elle les regarde s'agiter autour de toute une panoplie d'objets. Elles s'apprêtent à préparer le café. La plus âgée des femmes se dirige vers Dolorès et l'invite à se joindre au groupe. Touchée, et en même temps curieuse du rituel, celle-ci accepte.

Une femme apporte les grains ; le plateau de café est prêt, avec de petites tasses en porcelaine ; une autre femme grille le café au charbon ; elle l'écrase ensuite dans un grand tube avec une tige de fer et met la mouture dans l'eau bouillante ; le vase à long cou est en terre cuite ; la femme bouche le cou avec de la paille après l'infusion. Enfin, le café épais comme du sirop coule dans les tasses. La cérémonie dure le temps d'un premier, d'un deuxième et d'un troi-sième café. Cet élixir préparé avec cœur l'émeut aux larmes.

«*Perché piangi?*» demandent en italien les femmes voilées de blanc.

Elles sont là, par terre, ensemble, à bavarder sous les arbres, enveloppées dans un nuage d'odeurs mélangées de café et de fleurs. Chacune raconte une bribe de la Grande Histoire: exils, mort d'un proche à la guerre, amour de sa vie ayant survécu aux balles ou aux mines. Et toi? As-tu un mari, des enfants? Mais au lieu de répondre, Dolorès sort du sac une petite photo qui circule de main en main. Une après l'autre, les femmes embrassent la photo de Habib. Dolorès, les yeux mouillés, demande à la plus vieille d'entre elles: «Connaissez-vous cet homme?» Celle-ci hésite un moment, ouvre la bouche mais semble changer d'avis et reste figée dans une expression suspendue.

Habib en mille éclats
et un pot de Marmite

Sa silhouette, à chaque coin de rue

Au cinéma Roma, une fanfare chinoise joue à tue-tête devant une salle vide.

Cependant, le fantôme de Habib guide Dolorès à travers la ville. Elle le voit partout. De dos, le journal – le seul qui soit disponible au pays – à la main. Le son de ses pas pressés sur l'asphalte lavé par une dernière pluie. Elle se demande s'il est en route vers un café sur l'avenue de la Liberté. Ou bien assis sur un siège rouge du cinéma Impero, en train de visionner un vieux *James Bond* entouré de jeunes. Non, il ne doit pas aimer le cinéma américain. A-t-il plutôt opté pour un film de propagande chinoise de la rétrospective en cours ?

Curieuse, Dolorès était déjà entrée quelques minutes. Un film contre le capitalisme sauvage était projeté sur un mur blanc. Une Allemande blonde visitait une usine en Chine, situation idéale pour servir les meilleurs clichés sur les relations Est-Ouest. Facile de deviner qui étaient les méchants. La salle était vide.

Habib doit être le genre de curieux qui aime s'informer. Le siège du *British Council*, élégant édifice de trois étages, est un lieu pour lui. Les heures d'ouverture sont inscrites en blanc sur une affiche noire. Dolorès entre. Des hommes lisent les journaux, d'autres regardent attentivement les nouvelles de la BBC. On a réglé le volume pour ne pas déranger les lecteurs.

Une bombe explose en silence, en plein milieu de l'écran. Un nouvel attentat-suicide, sans doute. On voit les ambulances. Des corps déchiquetés, méconnaissables, du sang partout. La fumée couvre l'écran au complet. Tout se passe si rapidement. Dolorès n'entend pas le commentaire, mais le devine. N'arrive pas non plus à lire le texte qui défile au bas de l'écran. Une autre image a déjà remplacé celle de l'horreur. C'est Madonna qui sort d'un club de nuit et repousse le caméraman. Dolorès se tourne vers le groupe d'hommes qui regardent la *star* blonde. Si l'un d'eux était Habib, que ferait-elle ? Mais elle ne reconnaît aucun visage.

Au deuxième étage, l'ambiance est plus feutrée. Encore une fois, uniquement des hommes. Certains sont légèrement grisonnants, et la plupart sont élégants. Dolorès s'arrête sur les visages de ceux qui pourraient avoir l'âge de son père. Assis à côté de la seule chaise libre dans la première rangée, un homme est concentré. Il perçoit la présence de Dolorès par sa vision périphérique, mais il ne bouge pas lorsqu'elle s'assoit. Il sent son parfum *No Logo* acheté au *duty free*. Le tissu de sa robe sur la chaise laquée fait *frouche-frouche*e, alors il tourne la tête discrètement, lentement. Il continue à suivre les nouvelles, maintenant intrigué par la présence de la seule femme parmi les visiteurs.

Du coin de l'œil, Dolorès cherche à faire coïncider les lignes de son visage avec celles de la photo dans son sac. C'est plus fort qu'elle. Elle esquisse mentalement un portrait-robot en vieillissant l'homme de la photo, comme on le fait pour retrouver les criminels ou les enfants disparus. Elle analyse chacune des courbes du visage de son voisin, la forme des oreilles, le long cou. Mais elle ne réussit pas encore à voir la couleur des yeux. L'homme sent le regard insistant de la femme à côté.

Dolorès est très émue. Elle a chaud, est hésitante. Comment l'aborder ? Son ventre se noue, lui fait mal de nouveau. Est-ce la maladie qui revient, ou la nervosité ? Plus moyen de distinguer. Elle ouvre la bouche, mais n'arrivant à rien articuler, elle continue à balbutier dans sa tête.

C'est la pause publicitaire, le son part d'un coup, un cran plus fort. Cela bloque les sons que Dolorès se prépare à émettre. Du même coup, cette hausse du volume sort l'homme de sa torpeur. Il ose pour la première fois regarder la femme, selon un axe oblique.

La musique stridente d'une publicité de Marmite, aliment fétiche des Britanniques, traverse la salle. Au moment où les regards de Dolorès et de l'inconnu se croisent pour la première fois, l'image du pot de pâte brune au goût infâme, mais très bonne pour la santé, apparaît à l'écran.

Les yeux de l'homme sont du même marron que le pot de Marmite. Il regarde Dolorès et attend qu'elle dise quelque chose, car il voit un point d'interrogation dans ses grands yeux bleus. Au même moment, elle se lève brusquement et se sauve sans regarder derrière. Elle sent dans son dos le regard marron et perplexe de l'homme et descend l'escalier. Les tourniquets bloquent son passage vers la sortie. Un garde de sécurité l'arrête et fouille son sac. Il ouvre le portefeuille. La photo de Habib tombe sur la table.

Sous le regard désapprobateur de Lady Diana

Sur le trottoir de la rue Harnet, un petit garçon court, une grosse boîte en carton dans les bras.

Il crie à tue tête : «*Cheunga, cheunga, cheunga* ! » Il agite les mêmes petits paquets jaunes de Jucy Fruit, les mêmes qui se vendaient sous le nom de Chinga à Bucarest. Trop tard pour encourager son commerce ; il est déjà loin lorsque Dolorès se remet de la collision des voyelles presque identiques, du souvenir et de l'action en temps réel. Il faut qu'elle change de l'argent. Quelqu'un lui montre du doigt une boutique de souvenirs, derrière un grand hôtel.

L'homme assis au soleil devant la vitrine se lève et l'invite à entrer. Il est grand et musclé. Son corps frôle celui de Dolorès sur le seuil de la porte, comme dans la fameuse performance de Marina Abramovic et de Ulay. Les deux artistes se tenaient nus à l'entrée d'une galerie, et les visiteurs n'avaient pas d'autre choix que de se frotter à eux pour entrer. Ici, les protagonistes sont habillés. La chanson d'Helen Meles que Dolorès a entendue plusieurs fois déjà joue très fort dans les haut-parleurs placés au faîte d'une étagère. Elle aime la voix mélodique de la diva révolutionnaire, qui fait onduler corps et âmes. Derrière le comptoir, une femme l'accueille avec courtoisie et lui fait signe de s'asseoir sur un tabouret. À en juger par son assurance, ce doit être elle, la patronne. Thé, café ? Les billets se promènent à toute vitesse, de main en main, pour une dernière authentification. L'homme de l'entrée disparaît avec la liasse de dollars américains. Sur l'horloge, les langues se déplacent au rythme de la lente machine d'échange *underground.* Une demi-heure plus tard, toujours rien. Il faut faire confiance et attendre.

Dolorès promène distraitement son regard sur les murs couverts de babioles. Poupées, cassettes, outils ménagers, accessoires électroniques et radios s'entassent sur les étagères. Entre un grille-pain et des ampoules, un *poster* de Lady Diana attire son regard. Difficile de résister au charme de Di, qui sourit sur la couverture d'une nouvelle biographie.

Entourée de lampes, de parfums, d'appareils domestiques (même d'un aspirateur et d'une machine à laver), Lady Di baisse les yeux, comme sur la plupart de ses photos, où se mêlent douceur, tristesse, pureté, modestie, innocence, bonté, assurance, sagesse, ruse. Tout y est, dans l'image si bien composée par le photographe. Son regard oblique est une promesse de confidence. Dolorès y voit aussi un air réprobateur. Elle imagine la princesse en train de lui faire la morale : « *Tz tz tz.* Que faites-vous là ? » L'arrivée triomphale de l'homme met fin au dialogue avec la princesse. On compte l'argent. Tout est parfait. Marché conclu.

Les hommes des pages blanches

L'annuaire du téléphone du bureau de poste est lourd et défoncé. Les pages jaunies sont remplies de beaux signes, des dessins avec des crochets, des lignes, des courbes, des points. Le préposé aide Dolorès à s'y retrouver, il transcrit les numéros sur un bout de papier froissé.

Le premier appel de la liste est le plus difficile, car il faut briser la glace. Un jeune garçon très poli répond d'une voix douce. Il écoute Dolorès en silence et lui explique qu'il a vingt et un ans. Il habite près de la rue Harnet. Même si elle sait que ce n'est pas Habib, elle est curieuse. Qui sait ? Peut-être qu'il pourra l'aider.

Il arrive au rendez-vous à l'heure. Habillé comme un jeune de son âge, rien de trop tape-à-l'œil. La première chose qu'elle remarque, c'est son sourire généreux. Il lui serre la main, se présente. Ici, les rapports entre inconnus sont spontanés et naturels. C'est donc sans détour que la conversation s'engage. Comme elle en a assez dit au téléphone, c'est à lui de parler. Devant les *macchiati* qui ne tardent pas à être servis, il raconte.

Il étudie en journalisme à l'université d'Asmara. Il a accepté de la rencontrer car il a été curieux. Son père s'appelle, lui aussi, Habib. Il est parti à la guerre de l'Indépendance. Depuis des années, il est

sans nouvelles de lui. Il est sur une liste de disparus. Habib junior a aussi fait la guerre, en 2000 ;
obligé de lutter, comme toute une génération de
sacrifiés. Sinon, pas question d'avoir accès à l'éducation. Lui, il a eu de la chance, pas comme quelques
amis qui sont devenus fous. Quand elle sort la photo
du sac, il répond qu'il ne connaît pas l'homme.

Le suivant sur la liste s'avère être un retraité qui
ne parle pas anglais. Dolorès l'aborde alors dans
l'autre langue, la quasi officielle. *« Parla italiano ? »*
C'est sa femme qui a répondu. Elle hésite, puis
appelle : « Habiiiib. » Il arrive légèrement essoufflé
et, d'une voix grave, répond : « Oui, allô, qu'est-ce
que je peux faire pour vous ? » La communication
est coupée. Dolorès recompose le numéro, il s'excuse, le chat a joué avec le fil. Il reprend son souffle.
« Écoutez, dans ma famille, personne n'a vécu à
l'étranger, sauf des cousins en Éthiopie, pour un
temps. » C'est le premier qui a l'âge du père. Mais
il doit la décevoir, ce n'est pas lui. *« Non sono io Suo
padre. »* Il est très occupé. Il lui explique qu'il est
en train de faire des travaux dans la maison. Il ne
pourra pas la rencontrer. D'ailleurs, c'est inutile, il
a étudié à Adis. « Bonne chance, mademoiselle. »

Elle compose le numéro suivant. Une femme
hystérique se met à crier dès qu'elle décroche. Elle
insulte Dolorès, qui est étonnée : les gens sont
d'habitude si bien élevés. Un homme crie aussi en

sourdine, s'approche, arrache le téléphone à sa femme et se met à hurler à son tour, avec un fort accent : «*Who* arr *you ? What do you want ?*» L'homme a déjà raccroché au moment où elle veut réagir. Dolorès ignore que cet homme est un vétéran qui est rentré à deux reprises après avoir subi les pires tortures physiques et mentales. Entre sa vie de mort-vivant et celle de Dolorès, le mur indestructible de la douleur bloque toute communication.

Dernier appel. Au bout du fil, un garçonnet répète : «*Hallo ! Hallo ! Hallo !*» Il rejoue ça en boucle, comme un perroquet. Il se met à faire des bruits pas très polis dans le récepteur. Sa mère arrive et excuse son trésor mal élevé. Non, «mari n'est pas là». La femme refuse de poursuivre la conversation, son bébé fait une crise. Elle dit : «Écoutez, il n'y a rien à faire, je ne peux pas vous aider.» C'est ainsi que la dernière chance s'éteint dans le brouhaha familial.

Elle a donc fait le tour. Épuisée, déçue, par cette brève incursion dans la vie des gens, elle se sent déstabilisée. Il reste la promesse du deuxième Habib et le souvenir de la rencontre avec le premier. Celui-là l'avait troublée, vu son âge, le même que Habib sur la photo. Malheureusement, l'image n'avait réussi à lui révéler aucune filiation avec elle.

Il fait inhabituellement chaud, mais Dolorès continue vers l'École d'architecture, où un assistant, qui aspire à un poste permanent, travaille fort dans le seul bureau ouvert. Il la reçoit. Non, il ne sait pas qui est Habib. Il se souvient vaguement d'un professeur de ce nom, mais c'était avant son temps. Plus personne de cette génération n'est là. C'est lui qui remplace le seul professeur. Même manque de chance au poste de police. Il faut aller aux archives. Prendre rendez-vous veut dire attendre des semaines. Aucun indice pour le moment.

Il reste les rumeurs

Retrouver ses traces. Refaire un parcours à rebours, redessiner son chemin, mettre en trois dimensions sa silhouette invisible. Retrouver Habib : elle est là pour ça. Où se trouve la clé de la vérité de cet homme ? Le risque est évident. S'égarer dans une mise en abyme d'histoires qui vont ralentir le processus. De personne en personne, de lieu en lieu, l'histoire change d'angle, de forme et de contenu. Chacun raconte son fragment de l'homme d'Asmara, celui qu'ils pensent avoir connu. Plusieurs affirment qu'ils l'ont vu. Qu'il a été là. Quelqu'un a même montré une maison. Tu vois, c'est là qu'il a habité, pour un moment.

Quand elle commence à leur demander des détails sur Habib, les versions se contredisent. Les points de vue se multiplient et Dolorès a droit à un portrait bien bariolé. Comment réconcilier ces vérités qu'ils défendent? Où s'arrête la fiction?

Certains disent qu'il était taciturne. Solitaire. Sauvage. Très gentil avec ceux qu'il connaissait. Une vieille femme est catégorique: oui, je m'en souviens comme si c'était hier. Il est parti pour le Caire après une grande peine d'amour. Non, il ne s'était jamais remarié. Avait-il des enfants? Elle hausse les épaules.

D'autres lui disent qu'il aimait faire la fête. Que les femmes étaient folles de lui. Qu'il était le plus bel homme d'Asmara. Il dansait comme un dieu, si vous aviez vu ça! Une jeune femme lui a même dit qu'elle l'a eu comme prof à l'université d'Asmara. Il lui a enseigné le dessin d'observation comme nul autre. Les étudiants l'adoraient. Ce n'était un secret pour personne qu'il détestait le dessin technique. Il avait des mains superbes. C'est ce qui a le plus frappé cette femme, aujourd'hui une personnalité de la place.

Au Caffè Moderno, un garçon portant la queue de cheval et un cure-dents dans la bouche (il se croit *cool*, car il vient d'Amsterdam) est assis à la même table que Dolorès et l'ancienne étudiante. Il lui dit que c'est elle qui a redessiné le cinéma Roma. Habib aurait été fier d'elle, pense Dolorès.

Des versions de plus en plus farfelues. En ouvrant la bouche, chacun s'approprie un fragment de Habib. Dolorès les pose dans le puzzle qu'elle est en train de compléter. Mais au lieu de voir apparaître l'image finale, elle constate que tout s'embrouille encore plus.

Habib l'introuvable. Figure élastique, en perpétuelle transformation. Rumeurs et erreurs qui détournent la fille du chemin vers son père. Habib, protégé par des murs, des obstacles. À chaque intersection, un homme ou une autre version s'interpose entre eux. Chaque bifurcation scinde le corps, de plus en plus fragmenté, de Habib. Le précipice qui sépare Dolorès de son but s'agrandit à vue d'œil. Pour le moment, elle s'égare volontiers encore un peu dans la forêt magique. Comme dans un conte, elle continue à affronter épreuve après épreuve avec la force de l'espoir.

Et si cet homme d'Asmara n'était qu'une erreur historique ? Jusque-là, Dolorès s'est fiée à une histoire qu'elle a cru entendre, enfant. Toute sa vie, elle a porté dans son cœur le souvenir de ce nom et de cette histoire. Et si ce n'était pas la bonne ? Qui croire alors ? Les gens racontent-ils n'importe quoi pour lui donner espoir ? Chacun semble posséder avec certitude, précieusement, un fragment de Habib. Comme s'il s'agissait d'un pot cassé.

Dolorès est maintenant cette archéologue qui doit réparer le pot cassé de la vie de son père. Elle n'a plus envie de jouer à ce jeu, mais elle décide quand même de continuer.

Sous le soleil de plomb
(Massawa)
6

Sprite au citron vert et lames de rasoir Gillette

Les ombres de Massawa

À cette heure-ci de la journée, les rues de Massawa sont presque désertes. Le soleil de midi frappe à angle droit. Il fait plus de 45 degrés Celsius. Des taxis jaunes attendent que les clients sortent de leurs cachettes. La rangée de façades blanches est ornée d'arabesques et de trous de balles : témoins de l'histoire, encore plus complexe de ce pays rouge de nom, au niveau de la mer doublement rouge. Une résonance architecturale des voisins du Yémen informe les courbes des édifices. Les conquêtes ont laissé ici des empreintes stratifiées, en modelant, puis en trouant colonnes et arches. Il était une fois, deux fois, la guerre, les bombes. Combien de fois encore ?

Sous le soleil de plomb, Dolorès avance avec stoïcisme, bien qu'elle commence à avoir vraiment chaud. À chaque nouveau pas, ses cuisses s'irritent davantage, jusqu'à rendre sa marche difficile. On appelle ça *prickly fever*, une brûlure intense. Une plaie rose électrique s'agrandit sur chaque côté de la cuisse, la chaire est à vif. Sous peu, ça saignera, elle le sait.

Avant de traverser le pont vers l'hôtel, elle photographie le palais du roi Hailé Sélassié. Cet édifice, sur la liste des merveilles du monde, est sectionné en son milieu. Bombardé par accident, il ressemble à ces dessins que doivent soumettre les architectes avec leurs plans pour montrer l'intérieur en axonométrie.

Enfin, de l'ombre. Une grande inspiration de soulagement. La réfugiée du soleil est en sécurité, devant un jus de fruits frais sur la terrasse du Dahklac Hotel. Il n'y a pas de clients pour les bateaux aujourd'hui, sauf un groupe du lycée italien, que l'homme responsable de la traversée devra aller chercher plus tard sur l'île d'en face, qu'on nomme l'île Verte. Un couple d'Américains (des oiseaux rares dans ces temps tendus) sont parmi les quelques touristes de l'hôtel.

Un mulâtre aux longs cheveux attachés arrive sur la terrasse. Sa passion pour les bateaux le tient en place. Il pourrait quitter le pays n'importe quand, grâce à son père italien, quand les autres hommes doivent attendre jusqu'à quarante ans. Le jour où sa mère l'a retrouvé dans un hôpital militaire, les deux jambes paralysées, elle a décidé de le faire sortir de là. Elle est allée plaider sa cause à l'ambassade italienne. Aujourd'hui, papiers en main, le fils refuse de quitter Massawa. Il aime son pays, son bateau, l'odeur de l'eau salée, son seul oxygène. Ce citoyen européen exhibe fièrement les trous de balles africaines dans son corps. Ses horribles cauchemars, il ne peut les montrer à personne, les trous de balles, par contre, si.

Dans la douceur du vent qui rafraîchit, il donne libre cours à ses pensées, qui voguent sur la surface de cette eau turquoise, bercée par sa belle voix qui raconte des horreurs.

Bientôt, Dolorès se lèvera et fera une autre tournée, à la recherche de Habib. Combien de fois déjà a-t-elle sorti la photo de son sac pour la montrer ? Réussira-t-elle à obtenir enfin une réponse positive ? En se posant toutes ces questions, elle reprend la route et se retrouve en face d'un minuscule kiosque caché dans une ruelle étroite.

Lames de rasoir par petits paquets, cigarettes, allumettes, savon, boissons rafraîchissantes. La patronne, assise derrière le comptoir en bois, fait signe à Dolorès d'entrer. Elle se lève de son petit tabouret pour chercher une cannette de boisson gazeuse dans le frigo. L'invitation au café ne tarde pas. Dolorès passe de l'autre côté du comptoir. Son point de vue est maintenant celui de la patronne qui l'avait repérée. D'ici, elle voit la vie et le temps à l'envers, elle voit les clients arriver, leurs silhouettes à contre-jour, lorsqu'ils achètent des bricoles. Elle se voit arriver, commander un Coke.

Pendant les longs préparatifs du café traditionnel, elle s'abandonne à cet hors-temps, où une image repasse en boucle dans sa tête : épaules haussées et têtes qui font signe que non. Elle a marre de ce leitmotiv : «Je ne connais pas cet homme.» Décidément, ici, personne n'a vu Habib.

L'ombre d'un jeune homme frôle le mur et interrompt sa rêverie. Elle apprend qu'il est le fils unique de la patronne, isolé dans le mutisme depuis le jour où il a trouvé son meilleur ami sur la plage, mutilé par une explosion. Il communique par signes, comprend tout, mais ne peut pas s'exprimer verbalement. Il regarde timidement Dolorès et écoute avec intérêt la conversation.

Son père sort de la pièce voisine. Il vient de se réveiller de sa sieste. Le café est prêt ; le père s'assied par terre, à côté de son fils. C'est drôle de voir cet ancien policier en paréo. Il dit fièrement son âge, sans doute dans l'espoir de se faire dire : «Non, vous ne les faites pas, vos soixante-cinq ans !» Il est un peu flirt, notre policier à la retraite, mais encore actif. Ses blagues et son regard vif trahissent un bon vivant qui a dû en faire voir de toutes les couleurs à sa femme. Cette dernière sert une tasse de café à chacun, en commençant par l'invitée. Une fois le premier café avalé, le père tire sa révérence et le fils baisse la tête. Dolorès tend la photo de Habib. «Non, je n'ai jamais vu cet homme.»

Le fils boit en silence. Quand Dolorès tourne la tête pour parler à la mère, elle se sent observée par lui, durant une fraction de seconde qu'il vole à la vie. Les tasses sont maintenant vides; sur le plateau, il ne reste que quelques grains salés de maïs soufflé. Le garçon se lève et sort en silence. La mère fait signe à Dolorès: *«Lo vedi com'é povero disgraziato?»* Tu le vois, le pauvre? Elle donnerait n'importe quoi pour ravoir son garçon d'avant. Dolorès embrasse de tout son cœur cette mère qui doit regarder en face, chaque jour, ce revenant et vétéran de vingt-deux ans qui est son fils.

Elle sent que c'est injuste qu'elle soit là, sur la petite scène du magasin où se joue une partie anonyme de l'histoire. Impuissante devant l'armée de blessés dans le corps et dans l'âme, des morts-vivants, des disparus, des mutilés, des fantômes et des ombres, elle s'en va.

Mais juste avant, le fils revient, un tas de coquillages dans les mains. Ses yeux rougis par les luttes avec les cauchemars invitent Dolorès à prendre cette modeste offrande de la mer. «C'est lui qui les pêche, il plonge chaque jour, c'est son seul plaisir» explique la mère. Comme s'il cherchait une réponse au fond de l'eau, pensera Dolorès après coup. Elle accepte le cadeau des ténèbres, serre les mains du garçon en guise d'adieu et pense sortir à jamais de cette histoire. Elle se trompe.

Le soir, elle le recroisera dans un café Internet du port. Heureux de pouvoir parler librement le langage muet de l'électronique, sans se faire observer ni par sa mère ni par son père. Dolorès sortira les coquillages du sac et lui fera signe de loin. Ses lèvres lui diront *grazie.* Il y restera toute la soirée, accroché aux mots virtuels, pour mieux rêver, avant de retourner à ses monstres de la nuit. Dolorès sera déjà dans le bus pour Gurgussum.

Le goût salé de la mer, du sang et des larmes

Histoires d'eau

L a route d'une quinzaine de kilomètres traverse un paysage désertique. Les cicatrices d'une guerre féroce sont visibles sur la rangée d'édifices qui borde le chemin de l'autre côté. Un peu plus loin, on a construit un aéroport, pas encore fonctionnel, et des complexes d'habitation, le temps d'une paix. Le bus s'arrête près de cet hôtel gouvernemental. C'est une enclave digne de la section «Hors des sentiers battus» du guide *Lonely Planet*. Cette version légèrement décrépite et isolée de l'habitation, Dolorès l'a baptisée le *Gurgussum Med*.

Ici, la mer est grise, pas turquoise comme à Massawa. Personne ne nage vraiment, car l'eau est tellement chaude qu'elle ramollit les baigneurs. À force de tremper dans cette eau bouillante comme une soupe, on devient étourdi. Comme dans un bain. Les gens se laissent alors flotter, ou parlent, debout, pendant des heures. Il est difficile de s'arracher à cet aimant liquide et chaud.

Sur le site se trouvent plusieurs personnages : un couple d'Érythréens de Milan, un vétéran handicapé, son frère d'Amérique qui se sent coupable, un Casque bleu suisse. Il s'appelle David et sa mission achève. Il partira sans avoir pu dire au revoir à Dolorès.

À Gurgussum, il faut marcher longtemps dans l'eau jusqu'aux chevilles, ensuite on en a jusqu'aux genoux pendant des centaines de mètres. On attend souvent le coucher du soleil pour se baigner. Parmi les reflets rosés et orangés de l'eau ont lieu de longues conversations entre les touristes.

Dans les bras de son mari aux cheveux gris, une femme explique le mal d'Africa : « Après deux fois, ça y est, l'Afrique vous rentre sous la peau. » En voyant l'homme en fauteuil roulant qui vient se baigner chaque jour, elle change de sujet. La femme parle de son cousin revenu fou du front en 1993 et de son frère disparu à la dernière guerre, en 2000. De l'apitoiement pour l'infirme qui rentre dans l'eau, elle passe à l'indignation.

Celui qui pousse le fauteuil roulant, c'est son frère venu d'Amérique. Il avoue qu'il se sent coupable. C'est lui que le père a envoyé à l'étranger. C'est lui qui est devenu gros et prospère. L'autre a perdu ses jambes pour la patrie. Là, il le pousse péniblement dans son super fauteuil roulant qu'il a apporté de Boston. Il le pousse d'abord dans le sable mouillé, ensuite dans les vagues, jusqu'à ce que le frère malchanceux se laisse glisser dans l'eau.

Tant d'histoires qui se ressemblent. Pères, fils et frères disparus au front. Mères qui ont perdu fils et maris. Seuls les noms des vétérans changent. La folie ou les moignons pour des survivants moins chanceux. Partout, des gens marqués au fer rouge. Comment font-ils pour sourire, ou même pour consoler Dolorès, quand ils la voient horrifiée? Comment font-ils pour continuer à vivre?

Malgré tout, la vie va, lui dira un jour un journaliste rwandais. C'est aussi la leçon de ce pays qui donne le mal d'Africa, nostalgie dont parle la Milanaise.

Quand elle repensera à l'Érythrée, Dolorès expérimentera cette nostalgie. La force de ces gens lui manquera; la générosité et l'optimisme innés, malgré les tragédies et les barbaries; la force de vivre. Le mal d'Africa l'éloignera pour un bon moment du monde en vitrine et des foules qui se promènent avec nonchalance dans les rues du Nord. Elle vivra avec l'Afrique dans la peau. Roth aussi subira les effets de la nostalgie douloureuse à son retour, au point de ne plus fonctionner pour un bon moment. Mélangé à son divorce et au syndrome post-traumatique, cette nostalgie lui fera très mal.

Chacun souffre, tôt ou tard, du mal d'elle ou du mal de lui. Mal de mer devant le mal qui fait mal. Comme le mal d'Africa, tous les maux sont indicibles.

Le soldat fou

Devant la terrasse du restaurant, la silhouette d'un drôle de personnage traverse à toute allure le champ de vision de Dolorès. Vue en deuxième plan à travers le verre de jus de fruits, cette étrange créature est davantage déformée. Le temps d'une cigarette, l'homme a déjà fait deux fois le trajet, d'un bout à l'autre de la longue plage, en passant sous la loupe du verre. Le revoilà à droite, près de l'ancienne boîte de nuit désaffectée (un jour, Dolorès est allée voir cet édifice abandonné ; le vent soufflait, elle n'avait pas peur, elle était bien dans ce monde figé, oui, elle aime les ruines).

L'homme repasse de nouveau au pas de course. Il porte des vêtements militaires. Son crâne chauve et luisant est d'un rose vif qui tire sur le mauve. Toute la journée, il court et il marche sur la plage, en plein soleil, sans arrêt, il court en long et en large. Il donne le vertige à Dolorès, qui reste à l'ombre, car il fait 48 degrés Celsius.

Le soldat lui fait peur. Il se promène torse nu, avec ses pantalons militaires et ses bottes de combat.

Au look de Robert de Niro dans *Taxi Driver*, il manque les cheveux et le charisme.

L'inconscience de l'homme au crâne brûlé l'exaspère. Elle décide d'agir et l'intercepte au moment où il passe devant le resto. Elle pense que c'est un candidat au cancer de la peau. Elle est médusée quand le soldat répond qu'il travaille son bronzage... *I am working on my tan.*

Chaque fois qu'elle mange sur la terrasse et qu'elle le voit de loin, ça lui coupe l'appétit. Il devient de plus en plus violet. Des taches brunes en forme de carte géographique commencent à couvrir son dos. Veut-il porter un vrai souvenir de son passage héroïque sur le continent ? À la vue de ce globe terrestre à vif, Dolorès détourne le regard, avec l'étrange sentiment d'une mort annoncée. Ça lui donne des frissons. Une hypothèse traverse son esprit. Si cet homme, apprenant qu'il avait une maladie mortelle, avait décidé de se suicider sous le soleil de plomb de Gurgussum ? D'abord en brûlant, ensuite en fondant, il disparaîtrait sous les regards perplexes de tous.

Dans la chaleur extrême de l'air et de l'eau qui ralentissent le rythme de ces rencontres fugitives, Dolorès pense encore une fois à la galerie de personnages croisés au bord de cette mer aux reflets métalliques. L'homme aux cheveux gris et sa femme Fiorella, qui lui a parlé du mal d'Africa, David et, en tête du peloton, le soldat fou, dont l'image s'est imposée violement. Ils défilent tous dans sa mémoire, un par un, ou par famille. Chacun constitue un fragment de la Grande Histoire.

Les mers de Dolorès

Chaque fois qu'elle est en bord de mer, elle peut passer des heures assise sur le sable, le regard égaré, la mémoire alertée par les odeurs, par les sons, par les couleurs qu'elle contemple.

Son regard suit la crête des vagues, se perd dans le vortex qui continue sous l'eau, se dissipe dans l'écume qui s'étend sur le sable, une fois la vague cassée. Le mouvement et le son hypnotiques des vagues nourrissent son imaginaire. Elle se laisse entraîner par les vecteurs qui changent à l'improviste. Libre.

Selon elle, les mers communiquent, malgré leurs noms colorés et les lignes que l'on trace autour des plages. Elle entre dans la mer Noire et sent qu'elle entre en même temps dans la mer Jaune, Bleue et Rouge. Dans cet espace toujours en expansion, elle peut respirer, même sous l'eau de toutes les couleurs, sans porter le masque qui magnifie ce monde mystérieux. Elle préfère observer le monde marin à l'œil nu. Sous l'eau, les ombres et les formes mouvantes l'effrayent et lui racontent des histoires d'horreur. Elle sort la tête pour se donner du courage.

La mer de Gurgussum est calme. Un vrai miroir. Perdue dans ses pensées, hypnotisée par le son de l'eau, par le mouvement des ondes, Dolorès regarde cette surface à double fond, lisse comme un lac. La mer se renverse à la verticale. Sous les taches et sous les lignes bleues, vertes, roses, violettes et même jaunes, les images de l'Érythrée marine émergent lentement de ce plan. Comme une écriture chinoise ou japonaise qui raconte : rencontres fulgurantes, bribes de vie et de sentiments. Sous les vagues imperceptibles qui créent des rides à la surface se trouve un tas de secrets et de vérités.

Enfant, Dolorès passait des heures entières dans la mer Noire, à chanter et à imaginer des histoires, tandis qu'Adina s'éloignait à la nage vers la ligne d'horizon. Sur la plage, Leonhardt les regardait en écoutant le match à la radio, un appareil à transistor recouvert de cuir. Parfois, leur amie, une grande poétesse, se joignait à eux. Elle avait un grand nez pointu de sorcière, mais en réalité, elle était très douce. Un jour, sans doute inspirée par le menu, elle a fait un poème à Dolorès. Ils mangeaient du fromage feta avec des tomates et des poivrons verts, et buvaient de la limonade dans un thermos chinois en aluminium décoré de fleurs roses. C'est là qu'elle a récité : «Pousse un peu ton fromage, que je pose ma graisse.» Malheureusement, ça ne rime qu'en roumain.

Chaque fois qu'il se trouvait dans les vagues, l'enfant solitaire éprouvait un bonheur incontrôlable.

Sur le bord de cette mer d'Afrique, elle a tout à coup le mal de l'Europe.

La dernière Cène

David, le Casque bleu suisse croisé sur la plage de Gurgussum, connaissait bien ce restaurant poussiéreux de Massawa. Dans leur bref échange, il a pris le temps de lui suggérer ce haut lieu de la gastronomie locale.

Elle n'a pas hésité à y aller et, à présent, elle observe l'animation à partir de sa petite table, choisie stratégiquement pour son point de vue panoramique. La boutique en face est éclairée par un néon vert. Des hommes qui se tiennent par la main traversent le carrefour et entrent au bruit de cloche. Ils portent des paréos *made in Indonesia* ; des enfants jouent à la cachette. Des femmes couvertes de voiles de couleur, pas blancs comme à Asmara, portent des sacs. Il y a des chiens et des poules.

Le garçon porte avec fierté le plateau de poisson éventré, servi avec un pain chapati qui fond dans la bouche. Couvert d'une sauce rouge, le poisson s'offre dans une forme presque indécente, une forme de sexe de femme. Est-ce là son secret aphrodisiaque qui fait converger les touristes des quatre coins de la planète ? À la table voisine, un groupe se forme autour d'un homme plus élégant que les autres. Ils parlent fort, ils rient, ils boivent de la bière en attendant leur poisson. L'ambiance est aux retrouvailles. C'est écrit sur tous les visages, y compris le sien, qu'il est un expatrié revenu en vacances.

Les mouches envahissent la carcasse du poisson, le pain, les bords de son verre. Dolorès lutte sans succès contre cette armée volante. En revenant des toilettes, elle s'arrête devant le puits de terre cylindrique où des poissons empalés grillent dans les flammes au milieu, tandis que les chapatis, lancés avec précision tout autour, collent et cuisent instantanément sur les parois. Le cuisiner fait goûter à Dolorès le désert directement de la casserole. C'est la spécialité. Elle n'a plus de place pour ce délice dont elle ne se rappellera ni le nom ni les ingrédients.

Il fait déjà noir quand Dolorès repasse devant des édifices frisés et troués de balles ; elle longe les bars du port, illuminés par des néons verts et rouges, comme au cinéma. Au cœur de ce labyrinthe de ruelles, elle marche, contrariée, les pas incertains, le corps lourd, la tête pleine de tout, sauf du principal, la réponse qu'elle a en vain cherchée. Où est Habib ? Troublée par la ligne de feu qui réunit toutes les histoires douloureuses qu'elle a entendues depuis son arrivée, elle avance ; ses poches sont pleines des coquillages pêchés par le muet de Massawa.

Il ressemblait à Che Guevarra

L'autocar pour Asmara est bondé. Il roule lentement vers les hautes terres. La route est très inclinée, ça tourne avec effort dans les serpentines dangereuses. Parfois, le chauffeur arrête au bord d'un précipice, à la limite, une roue dans le vide, et recule pour pouvoir passer sur l'étroite langue de terre. Dans la vallée, le paysage est parsemé de quelques camions sur le côté ou sur le capot. L'ancienne voie ferrée construite par les Italiens suit plus bas, presque en parallèle. Bientôt, le fameux train pour Massawa pourra redescendre et remonter les 2 000 mètres comme avant. Des carcasses de wagons rappellent que le chemin n'est pas de tout repos. Pour l'instant, seul un train pour touristes fait la course.

Ils ont attendu en file indienne que le minicar arrive. Ensuite, la ligne s'est défaite dans le chaos et les gens ont pris d'assaut le car. Un soldat est venu au secours de Dolorès, prise dans le courant. Son crâne était rasé, il portait la barbe ; il avait une allure de révolutionnaire tout droit sorti d'un film de propagande. Il portait un uniforme de camouflage. Comme la plupart des passagers, il tenait un bâtonnet dans sa bouche, le mordillait, le mâchouillait, le suçait. Il paraît que c'est très bon pour les dents et les gencives. Elle le voyait de profil, assis à côté du chauffeur. Pas une fois il ne l'a regardée, une fois dans le minicar. Sa mission de lui trouver un siège est accomplie.

On fait un arrêt à mi-chemin dans un bled perdu avec des petits restaurants et des toilettes. Chaque autobus arrive en freinant avec caractère. La poussière se dépose sur les gens qui se dégourdissent les jambes, boivent du jus, du café ou du thé. Le soldat est assis seul à une table, le regard perdu. Il a plutôt l'air d'un vétéran, il n'est plus si jeune. Dolorès en déduit qu'il a dû connaître plus qu'une guerre.

En haut, Asmara attend les voyageurs, dont le destin se dessine en suivant les contours du paysage ou les tournures de la vie. La ville est prête pour la fête nationale.

Tableaux vivants
(C'était au mois de mai)
7

Crème glacée (dégoulinante) à la vanille et au chocolat et graines de tournesol

Yohenna !

Pourquoi pleure-t-elle pendant l'hymne national de l'Érythrée ? Dans le stade, plus personne ne bouge en ce jour de fête nationale. Ils sont tous debout, le dos courbé, en signe de respect et de soumission. Émue, Dolorès ferme les yeux : elle est à un autre stade, mêmes larmes, autre temps.

Il était une fois un autre Est, un autre mois de mai, à la télé.

Parades sans fin. Chars allégoriques, pyramides humaines, milliers de pionniers qui agitaient leurs cravates rouges ou des drapeaux, enfants en costume de gymnastique tricolores qui écrivaient des slogans avec leurs corps : *Vive le 1er Mai, la fête des Travailleurs !*

Groupes en habits folkloriques des quatre coins du pays, ouvriers des industries lourde et légère, paysans avec des moissonneuses batteuses en carton, membres des forces armées sur des chars d'assaut en position de combat, des faux et des marteaux géants, des fleurs en papier blanc et rose, des cerceaux, des guirlandes, et encore des drapeaux et des banderoles rouges avec des écrits en blanc. *Ceausescu et le peuple! Le plan quinquennal en quatre ans et demi!*

...

Hortensia Roth a la larme à l'œil. Ce n'est pas le souvenir des parades du 1er Mai transmises en direct à la télévision roumaine qui la rend vulnérable, elle. Elle est plutôt victime de ce mystérieux syndrome des stades qui rend les plus endurcis fébriles, voire fragiles. À l'effet électrisant des grands déploiements, rares sont ceux qui ne succombent pas. La parade marche à coup sûr, d'un côté comme de l'autre d'une dictature. Avec son béret bleu et sa caméra au cou, il est difficile de la manquer.

Le soleil était encore fort, lorsque Dolorès a franchi les portes du stade. Elle a tout de suite reconnu, au haut des estrades, l'homme du Caffè Moderno, celui qu'elle avait revu à la Casa Degli Italiani lors de son rendez-vous avec Hortensia. Il portait sur la tête un tissu bleu qui lui donnait un air de bédouin blond. Il lui a fait signe et elle est montée. Plus bas, Hortensia, assise avec les dignitaires, s'est retournée. C'est là qu'elle a aperçu Dolorès qui parlait à l'homme. Avec son bras d'athlète, elle a fait un mouvement, pour montrer la place vide. L'hymne a commencé, interrompant ce dialogue à distance et en même temps le récit de l'entrée dans le stade de l'homme blond.

La foule s'est levée, une sorte de vague humaine à la tête baissée. Dolorès a profité d'une courte pause avant l'arrivée du président pour descendre auprès de la lieutenant-colonel.

À présent, les deux femmes ont les yeux humides. Hortensia se penche et dit quelque chose dans l'oreille de Dolorès. Le bruit des applaudissements se pose comme un rideau sonore sur la phrase.

En bas, les journalistes s'agitent devant le président, prennent des photos et enregistrent des témoignages. Dolorès a déjà vu deux d'entre eux dans ce qu'elle a nommé *the Asmara loop*, sorte de boucle de Moebius où tous se revoient, aux mêmes restaurants, cafés et cinémas. Là, ils sont en action, très professionnels, car ils représentent la crème des médias ; ils ont des gestes assurés à la hauteur de leur statut. Ils ignorent qu'un jour, dans un avenir pas très lointain, ils seront expulsés du pays. Vus d'en haut, ils ressemblent à des fourmis. Pour le moment, ils sont limités dans leur documentation, il n'y a pas grand-chose à filmer, sinon des mots sans fin qui résonnent dans les mauvais micros et les haut-parleurs.

L'avenue Liberty, fermée à la circulation automobile, était bondée depuis des heures. Une rivière humaine se dirigeait lentement vers le stade. Les premiers arrivés devant le barrage, la plupart élégants, avançaient péniblement, en agitant leurs cartons d'invitation. Chaque fois qu'un nouveau barrage de sécurité bloquait cette marche collective vers le stade, les policiers antiémeute formaient un nouveau cordon. Ils avaient des tubes de rouleaux de papier hygiénique en guise de bâtons. La dernière fois que Dolorès a vu un usage aussi inventif des rouleaux, c'était lors d'une leçon d'anatomie télévisée au budget réduit. On avait fabriqué des colonnes vertébrales avec le même matériau. Ici, on allait s'en servir pour casser de vraies colonnes vertébrales désobéissantes.

Dans les premières rangées, les officiels avec leurs femmes élégantes se tenaient droits et fiers. Les gens du peuple étaient assis derrière, sur les gigantesques marches en ciment de cet étrange stade inachevé. Ils attendaient tous sous le soleil encore brûlant. Certains se couvraient la tête avec le programme. Ils parlaient, regardaient vers la route en asphalte qui faisait office de scène. Derrière le stade s'entassaient des décors. Dans le petit boisé au loin, des centaines d'enfants grouillaient. On sentait jusqu'en haut la nervosité et le trac collectifs. Des militaires en costume rouge restaient debout avec leurs instruments de fanfare. D'autres étaient assis dans la poussière ; ils avaient mal aux jambes, ça faisait plus d'une heure qu'ils attendaient, sans savoir qu'il leur restait autant de temps à tuer. On voyait la ville d'en haut. Des montagnes au fond. La voix de l'imam perçait le ciel bleu et le silence, sur fond de bruit d'attente. Le soleil couchant se faufilait discrètement dans un grand tableau vivant, réaliste et socialiste.

Enfin, le président monte sur l'estrade. Il commence par : « Chers compatriotes, chers invités distingués, c'est avec une immense joie et une grande fierté que j'offre mes félicitations au peuple… » Il enjoint au peuple d'en arriver à la victoire finale dans le conflit de la frontière avec l'Éthiopie. Le président finit son discours sous une rafale d'applaudissements enthousiastes. Ses dernières paroles sont : « *Awet N'Hafash !* » (le pouvoir au peuple). Juste avant, il souhaite au peuple une bonne pluie et un futur brillant. Le grand homme (très charismatique, pense Dolorès) est habillé en bleu marine. Que veut dire « *Yohenna* » ? demande-t-elle à son voisin, qui traduit : congratulations.

Anesthésié par son propre discours, il oublie tous ces jeunes qui, par centaines, attendent de faire leur spectacle, sans parler de la fanfare, prête à défiler, et des vétérans qui attendent, eux aussi. Il fait presque noir et le discours continue. Le texte, Dolorès ne l'apprendra que le lendemain, dans l'unique journal en anglais.

Au bruit des tambours à l'unisson qui marquent la fin du discours, les militaires ouvrent le spectacle en grande pompe. Des centaines de paires de jambes défilent, synchronisées à la perfection. Un décor en carton se laisse déplacer avec résistance sur l'asphalte de la scène. Des bottes gigantesques au-dessus d'un train à charbon. Des flammes rouges, orangées, jaunes pour raconter l'histoire, de l'ère coloniale à aujourd'hui. Le décor se transforme sous les yeux des spectateurs en char d'assaut, pour finir en tracteur qui laboure les champs. Le soleil remplace le feu.

Durant la pièce du *Soldat paresseux*, Dolorès imagine les dialogues, une sorte de sous-titrage mental. Elle sourit et remarque que le garçon à côté d'elle se permet, lui aussi, un sourire. Hortensia garde son calme militaire. La pièce se termine sur un *happy ending* : la fiancée du soldat paresseux a remis ce dernier sur le droit chemin. Des femmes font boire de l'eau aux guerriers et des danseurs de toutes les régions du pays se réunissent autour du couple bienheureux.

Des étudiants en costume multicolore dessinent avec leurs corps l'avion de la compagnie locale en plein essor. Ils écrivent *ERTRA,* le nom de leur pays. Les gens applaudissent.

Enfin, la grande finale : le train de Massawa. Des centaines de personnes sont cachées sous un immense tissu. Le train en carton et en coton avance sur des rails grâce à ces corps dédiés. Sans rien voir, ils avancent par centaines sous le tissu. Le tableau souligne la fin de la rénovation de la voie ferrée détruite par les guerres. Le vrai train pour Massawa roulera bientôt, comme au temps des Italiens. Tout à coup, la locomotive de cette réplique prometteuse s'enflamme. Un moment de panique. Le rythme de la chorégraphie se voit légèrement dérangé par un incendie. Heureusement, pas de blessés. Une version chorale de l'hymne fait lever les gens pour une deuxième fois de leurs sièges en ciment.

Dolorès reconnaît dans chaque élément du programme des déjà-vus de son enfance. Les tableaux sortent d'une histoire revue et corrigée et se succèdent à la vitesse d'une parodie.

Helen Meles et Fetsum Yohannes sortent d'une boîte à surprises. Ils descendent d'un camion par un faux coucher de soleil. Ils chantent *Natsanet* en duo sous les projecteurs. Dolorès est ravie de voir sa *star* féminine préférée, qui a teint ses cheveux en roux. Il est tard, il fait vraiment noir.

Une toute dernière chorégraphie : la plus intéressante, car la seule qui soit spontanée. La foule se disperse de façon chaotique, comme une vague ; elle descend sur la scène, qui s'est remplie de parents et d'amis des étudiants. Le président, ses gardes du corps ainsi que des ministres en costume et cravate descendent aussi et se joignent aux étudiants dans une danse collective. Le président prend bien soin d'eux. Ils sont la fierté et l'espoir du pays. En guise de reconnaissance, il leur offre un cadeau : quelques gracieux pas de danse. La clôture de la cérémonie se fait dans la plus grande joie. Le président disparaît ensuite, après trois petit tours, dans sa limousine.

Champagne rosé
et millefeuilles trop sucrés

Arrivederci, piccola Roma

L'ancienne station de train d'Asmara était déserte. Après avoir traversé plusieurs collines, Dolorès pénètre dans l'entrepôt où deux locomotives à vapeur des années 1930 attendent d'être admirées. Ce sont les pièces de résistance du «musée». Un homme arrive, essoufflé, il dit être le «gardien». À l'extérieur, une réplique du train de Massawa pose sur les rails de la ligne 1. Bientôt il transportera un groupe de touristes courageux et riches qui l'ont loué pour deux jours.

Elle est extenuée, déçue du dénouement de son séjour. C'est en sortant du stade d'Asmara qu'Hortensia et Dolorès se voient pour la dernière fois. Au moment de la cérémonie, Hortensia ignorait qu'elle devrait quitter le pays en catastrophe, en apportant avec elle la dernière lueur d'espoir de Dolorès.

Le premier rendez-vous à la Casa Degli Italiani n'avait rien donné de concret, sinon une occasion d'évoquer les démarches entreprises et les péripéties de chacune. Le deuxième promettait. Dolorès a d'abord attendu. Ensuite, voyant qu'Hortensia tardait à faire son apparition, elle a pensé à une erreur de communication. Et quand elle a compris que quelque chose ne tournait pas rond, elle a tenté de partir à sa recherche. Des allers-retours entre la Casa et la pension, en passant plusieurs fois sur Liberty, devant les cinémas et les cafés. Il faisait déjà presque noir et Roth était introuvable. Elle est alors rentrée à la pension. Mais la femme à la réception avait un message d'une personne qui l'avait cherchée. Elle a donc repris le chemin vers le centre, et c'est là qu'en passant à toute allure devant le café Impero, elle a aperçu le jeune messager blond. Il lui a tendu un papier. Dolorès l'a lu ; il était écrit à la main par Roth, déjà en route vers son pays. Malheureusement, elle n'avait rien trouvé sur Habib et elle avait dû partir d'urgence, sans pouvoir l'avertir. Elle s'excusait pour le contretemps. Dorénavant, il faudrait rester en contact avec son assistant, Samuel. Dans un geste ralenti, Dolorès a posé le billet sur la table et a regardé avec stupeur le jeune homme, qui était vraiment désolé. À partir de ce moment, elle n'a plus rien entendu des histoires que Samuel racontait. Roth était en dehors du *loop* d'Asmara.

Dolorès aussi était loin, loin de tout. Elle voyait seulement les lèvres du Casque bleu remuer dans le vide. Lui a-t-elle dit au revoir ?

Ce n'est qu'en passant devant le cinéma Odéon qu'elle s'est réveillée. Le soir était déjà bel et bien installé. Elle s'est approchée et a regardé à l'intérieur. Mais elle ne voyait rien. Elle a poussé la porte vitrée, mais c'était fermé. Il y avait des marques d'effraction ; elle saurait plus tard, en effet, que des voyous avaient brisé la vitre. Elle a frappé à la porte et, tout à coup, un homme est sorti de l'obscurité. C'était le vieux projectionniste et gardien dévoué, un personnage tout droit sorti d'un film.

Il l'a fait entrer. Depuis le début du voyage, ce lieu l'intriguait. Là, elle avait droit à une visite privée accompagnée d'anecdotes du guide : ses souvenirs du temps où ce cinéma fabuleux n'avait pas de trous dans le plafond.

«Maintenant la pluie coule en plein milieu, dit-il pour se plaindre. Tout tombe en ruine.» Il est jaloux du cinéma Roma, fraîchement rénové. Cet homme garde des trésors inestimables : la cabine de projection, le bar avec la machine à café Gaggia et la salle aux sièges défoncés. Il dort dans le cinéma pour le protéger des vandales. C'est ici qu'ont eu lieu les répétitions des jeunes qui ont dansé aux célébrations du 24 mai. Ils ont travaillé fort pour rendre le président fier. Des spécialistes ayant étudié en Chine l'art des grandes marches ont pris en charge les milliers d'étudiants. Le projectionniste dit connaître un des professeurs du fils du président, qui lui raconte les déboires du petit, pas très discipliné.

Quand Dolorès rentre enfin à la maison, la patronne lui fait signe de se joindre à un groupe de gens élégants dans le salon. Ils ont tous des coupes de champagne dans les mains, prêts pour un toast. Elle comprend que c'est une des nombreuses fêtes de famille dans la chaîne des célébrations qui précèdent le mariage du fils. On lui offre une assiette avec un gâteau très blanc et très sucré et une coupe rose. Un homme d'un certain âge s'approche et lui explique qu'il est le frère de Silas et qu'il vit encore à Adis. Silas est la seule qui soit revenue d'Éthiopie, où ils ont vécu en exil. Elle a acheté la pension. Dolorès lui montre la photo de Habib, mais elle ne lui dit rien. L'homme continue à raconter sa vie en passant vite sur les interrogations de Dolorès. Elle décroche, dit *Buona notte*. Au milieu des rêves de sa dernière nuit, Hortensia est déjà loin. Bientôt, ce sera son tour à elle de quitter la ville, en pleine nuit.

Elle prendra un dernier repas à la Casa Degli Italiani. En sortant, elle s'arrêtera dans le magasin de musique juste en face, pour faire ses provisions de cadeaux. La vendeuse lui offrira du *chai*, elle mettra ensuite une cassette. Ce sera le *hit* de Helen

Meles : *Mn'as Fe Tari*. Elle ignorera la traduction, mais elle reconnaîtra, à travers les signes en tigréen, le visage de la *star* qu'elle avait vue chanter le jour de l'Indépendance au stade. La vendeuse commencera à danser, Dolorès suivra. Elle essaiera de bouger les bras comme la vendeuse, en touchant le cœur. La fille lui offrira une cassette et lui dira :

REMEMBARR ME.

Tout le monde lit *Paris Match* (ou presque)
8

Cigarettes sans filtre, confiture de cerises amères et soupe ramen (au bœuf)

Le choc des images : la surprise d'Hortensia

Il fait froid, le temps est gris et pluvieux. Une rafale de vent déplace en tourbillon un bout de papier mouillé sur le pavé. Depuis son retour précipité dans son pays du Nord, Hortensia a constamment des frissons. Elle a perdu l'habitude de ce climat peu clément. Elle a même vu le médecin et subi des tests. Mais rien ne semblait anormal. Un jour, ça va passer. Pour l'instant, elle ne cesse de trembloter. C'est pour ça qu'elle court tout le temps, c'est sa course contre le froid. Après avoir fait le tour du lac artificiel devant chez elle, elle continue vers le bord de cette mer sauvage, balayée par de forts vents, couverte en permanence d'une couche de brouillard. Après ce jogging matinal, elle achète le journal et parfois des cigarettes pour son mari, dont elle ignore encore le plan sournois de la quitter pour un soi-disant mannequin moldave.

Elle part ensuite travailler au bureau, pendant que le mari s'envoie déjà en l'air dans un hôtel du centre-ville avec la jeune beauté.

Dans la vitrine du vendeur de la presse internationale, il y a un tas de *posters* avec la couverture agrandie du dernier numéro de *Paris Match*. Hortensia s'arrête net. L'image multipliée sous le lettrage rouge la fait bondir. Elle est en état de choc.

Elle entre et achète le magazine. Pour une fois, sur la couverture, ce n'est pas Johnny Hallyday, ni la princesse de Monaco ou Lady Di, ni la fille illégitime d'un grand politicien, ou une actrice battue à mort par son copain. La *star* est une foule parmi laquelle deux têtes ressortent.

La photo encadre un groupe de gens assis dans les gradins d'un stade : des femmes coquettes couvertes de voiles blancs, des femmes habillées à l'occidentale, des hommes en complet, d'autres en uniformes militaires, des jeunes plus décontractés, des dignitaires élégants, des hautes personnalités des organismes humanitaires. Ils sont tous là, sur invitation seulement.

L'image a été prise juste après que l'hymne national a été entonné. Des milliers de gens, la tête baissée, le dos courbé, ont attendu debout que cela finisse. Ils se sont rassis pour écouter le discours interminable du président. Ceci est demeuré dans le hors-cadre du photographe de *Paris Match*. Il a appuyé et mitraillé : *clic, clic, clic*. Plus loin, au milieu de la foule, une femme blonde, avec un béret bleu bien placé sur le côté, se préparait à son tour pour prendre une photo. Elle était debout à côté d'une femme en robe rouge, aux yeux cachés par des lunettes de soleil, un sac argenté sur les genoux.

Hortensia reconnaît les deux protagonistes de la page couverture, d'où son émotion. Elle ne se rappelle plus la phrase qu'elle a dite à Dolorès, ses mots demeurent à jamais muets dans l'image. Par contre, elle se souvient du reporter : un homme barbu, avec une veste pleine de poches remplies d'objectifs et de rouleaux de pellicule, son visage crispé et agressif, juste en face d'elle. Prêt à tirer. Face-à-face de lentilles. Invitation au duel des objectifs. Qui frappera le premier ? Le photographe de *Paris Match* appuie sur le bouton. Il prend la femme au béret bleu, qui se penche vers la femme en robe rouge. En étant plus rapide, il évite d'être pris sur fond de parade par l'appareil d'Hortensia Roth.

Une pluie fine commence à tomber sur le magazine. Hortensia le roule et continue de faire jouer dans sa tête le film de cette fin de soirée au stade d'Asmara. La foule qui se déversait des gradins vers la sortie, dans la noirceur. Les gens qui arrivaient par centaines, comme un mur vivant, comme un anaconda, ou une ceinture en cuir de reptile qui les encerclait, les nouait. Dolorès, pâle d'angoisse, ne sentant plus son corps. Hortensia essayant de la tirer du vortex humain. C'est là qu'elles se sont perdues de vue, dans la foule fleuve.

La dernière nuit

Lorsqu'elle entre dans la bibliothèque de Zamalek, Amina est lumineuse, souriante, la tête un peu en l'air, peut-être devant la promesse de son rendez-vous amoureux avec Amr. Sur la longue table de la section des revues, les nouveautés sont mises en évidence. Elle feuillette d'abord *L'Express*, *Le Nouvel Observateur*, *Artpress*, mais son œil est un temps accroché par la page couverture du dernier *Paris Match*. Le titre en rouge, *Érythrée*, couvre l'image d'un stade. Si elle avait connu Dolorès au moment de ce détour, elle aurait sans doute réagi avec moins d'indifférence à la photo. Sa discipline de travail l'éloigne aussitôt de la culture populaire au profit de recherches historiques sur l'empire Ottoman. Amina se perd donc dans un temps dilaté. Elle s'oublie dans le début du siècle, dans le faste de l'Empire : fez, turbans, paillettes, robes en soie et palais féeriques.

Cependant, dans le chic quartier des ambassades, tous les ingrédients sont en place pour assurer une nuit prometteuse. En bas de l'édifice, Amr est calme, malgré le retard considérable d'Amina. Il porte un polo rouge copie de Ralf Lauren acheté sur le trottoir. Quand il la voit, il avance d'un pas assuré de mâle, en se dandinant. Ils marchent en silence, l'émotion réprimée par le code du *display of affection*. Dès qu'ils franchissent le seuil de la porte, ils se jettent dans les bras l'un de l'autre et demeurent enlacés un bon moment. Amr regarde Amina tendrement avec ses yeux olive, puis l'embrasse. La maison sent la lotion après rasage Aqua Velva. Elle lance son sac sur le fauteuil en similicuir.

Mais ce qui suit n'est pas prévu dans le scénario : après un malheureux échec au lit, notre athlète se lève, contrarié. Il a faim. Quand il revient avec un plateau, il porte un pyjama rayé fendu au niveau du sexe. Un ami cinéaste avait un jour dit à Amina que ce modèle était « la deuxième meilleure invention après les jeans ».

Avec ses fesses rondes emprisonnées par l'uniforme rayé de la domesticité, l'artiste culinaire nocturne dépose bruyamment les bols sur la table basse : une soupe ramen revisitée par le chef. Son innovation est l'ajout de morceaux de bœuf bouilli qui ressemblent à des roches dans la série *Les Pierrafeu*. La viande est un gros tas de cartilages camouflés. Amr prend la télécommande et allume la grosse télé. Il tient ses jambes légèrement écartées, avec la confiance d'un chef de famille affirmé.

Voilà nos tourtereaux devant la télé, avec une double trame sonore : d'un côté, les bruits de coup de poings à la télé et, de l'autre, ceux qui proviennent de la bouche d'Amr. Il mastique avec conviction les morceaux entiers de viande, pêchés directement avec ses mains. Le carnivore dans toute sa splendeur est très concentré devant un film d'action puéril. Amina regarde, stupéfaite, la scène drôle et triste dont elle est à la fois protagoniste et spectatrice.

Quand elle entre, joyeuse, dans la bibliothèque, quelques heures plus tôt, elle ne peut pas imaginer la fin en queue de poisson de cette nuit. Couronnée par la disparition de Amr à l'aube, cette opérette sentimentale ratée est agrémentée de la présence d'un acteur nul dans un film américain nul.

Et quand, après l'avoir feuilleté distraitement, elle dépose le *Paris Match* avec nonchalance, Amina ignore que, sous peu, elle fera la connaissance de la femme en robe rouge sur la page couverture.

Venus de Milo

C'est un jour de grande canicule. Dolorès, fraîchement débarquée au Caire, a la mauvaise idée d'aller s'acheter une pâtisserie. Elle s'apprête à traverser l'intersection étoilée de Talaat Harb et tombe face-à-face avec ce type qui traîne tous les jours dans le centre-ville. Il est en position d'attaque à la lumière rouge, au coin de Mahmoud Bassiuny. Il l'invite, comme chaque fois qu'il voit une étrangère, à traverser les yeux fermés : «*Close your eyes before crossing!*» Elle ne tarde pas à réagir en lui montrant le doigt d'honneur. Mais le type a déjà identifié une nouvelle cible. Un léger arrière-goût de beurre et de miel suit la dégustation. Les ingrédients fondus se déposent sur sa langue, jusqu'à l'écœurement. Elle regrette d'avoir touché au petit gâteau au soleil, debout, sur la place publique, en marchant.

Dans le kiosque sur la rue Champollion, les revues sont placées en colonnes rectangulaires. Ça sent l'encre d'imprimerie. À côté de la porte, une montagne de *Paris Match* attend les clients friands de potins. Dolorès n'aime pas les tabloïdes, elle passe sans les regarder. Pourtant, quelque chose l'arrête. Elle pense halluciner. La scène qu'Hortensia a vécue en premier est presque identique. Seule la vitrine, le kiosque, la ville, ainsi que la température, sont différents. La photo rend bien l'excitation contenue devant l'événement qui se prépare. Le secret chuchoté dans son oreille n'est pas en lettres rouges sur la couverture. On n'entend pas les applaudissements de la foule, ni la voix du président qui a dit *Yohenna*, ses félicitations à son fidèle peuple.

La revue résonne de souvenirs encore plus lointains que cette fête.

Il était une fois à l'Est, *Paris Match* : la bible. Une bouffée d'air frais. Le pont vers la terre promise. L'Ouest, en cachette, disait bonjour à l'Est sur papier brillant. Les vedettes souriaient avec leurs dents blanches. Les princesses étaient encore sages, elle portaient des bijoux, pas encore des tatous. Johnny était encore jeune. Lady Di était une enfant qui ignorait que sa propre mort allait faire la une de tous les magazines du monde.

Les vieilles tantes de bonne famille parlaient le français en roulant les *r* et paradaient avec leur fume-cigarette en argent. Ça sentait le café turc. Elles feuilletaient le numéro d'il y a six mois, le plus récent en ville. *Match* (pour les intimes) ouvrait la fenêtre sur un monde de liberté, de parfums, de motos chromées, de voitures décapotables de luxe, de villas avec piscine, de caniches dans les bras de Brigitte Bardot, d'amours des *stars* en monokini à Saint-Tropez ou sur un yacht. Cependant, à l'Est, le peuple appauvri à vue d'œil mais riche d'âme et de générosité rêvait de marques : Levi's, Kent extra longues. *Paris Match* était là, rassurant et prometteur, pour les distraire de la misère.

Devant le dernier le numéro dont elle est la vedette accidentelle, Dolorès ignore que bientôt la Venus de Botticelli fera, elle aussi, la une. Une peinture sera pour une fois la *star* du *Paris Match*, en mettant la barre haute à Marie Trintignant, morte dans un accident d'amour fou à Vilnius. Juste après le drame, Venus sourira sur la couverture. Elle défiera le temps, triomphante, immortelle sur papier glacé.

Retour d'Afrique
9

Limoun, karkadé
et cafés âcres d'aéroports

Le cinéma de la rue Mohamed Farid

Du haut de sa terrasse, Dolorès regarde sans se lasser la rue Mohamed Farid.

À l'étage inférieur de l'édifice d'en face, un homme travaille dans la semi obscurité à côté d'un photocopieur. Il calcule avec une vieille machine. On entend le bruit des chiffres qui s'impriment sur les rouleaux de papier qui débordent de partout. Il est conscient qu'elle l'observe. De temps en temps, leurs regards traversent la rue comme des rayons infrarouges.

Sur le toit, un père berce son bébé. Sa candeur et le naturel du geste émeuvent l'étrangère.

Les moustiques commencent à attaquer. Elle entre, ferme la porte, allume le ventilateur. L'homme d'en face suit ses moindres gestes. S'il pouvait seulement rentrer dans sa tête à elle, il pourrait avoir accès à tout un autre cinéma que celui de la rue. Il la suivrait dans ses moindres déplacements, jusqu'à ce balcon.

Asmara, adieu !

Dans un film d'Alain Tanner, les personnages annoncent leur départ pour l'Afrique et organisent une fête pour l'occasion. Quand la fête est finie, une fois les adieux faits, ils apprennent que, pour une raison mystérieuse, ils doivent attendre. Devant la promesse du feu vert, ils restent coincés par leur propre bêtise ; ils vivent cachés dans leur appartement vide, dans le mensonge total, pour sauver les apparences. Ils y vivent comme des voleurs de vérité, ne pouvant pas assumer ce changement de programme soudain. Comme s'il s'agissait d'un échec. Le film s'intitule *Le Retour d'Afrique*.

Couchée sur la rangée de quatre sièges libres dans l'avion en provenance d'Asmara, elle avait entamé un retour qui n'était pas du cinéma. La quête sans conclusion l'avait épuisée, lui laissant un goût amer sur la langue. Son échec était d'un autre ordre. En cherchant Habib en Afrique, elle s'était enfoncée dans les mystères de ses origines.

Pendant que le présent la mettait en face d'expériences en cours, les souvenirs emboîtés surgissaient des mers de ses parents, ces mers qui communiquent, oui, la Rouge et la Noire. D'autres histoires étaient incrustées dans les craques des rochers, stratifiées dans les plaques tectoniques de la mémoire, ou couvertes du sable et de la poussière du désert.

À la fin du voyage en Afrique, l'Égypte l'attendait comme un plateau rempli de gâteaux. Au centre : le mont Sinaï avec ses secrets. Quant au Caire, il lui réservait une surprise.

Elle avait dormi pendant toute la durée du vol. Comme il fallait se présenter longtemps à l'avance à l'aéroport, elle avait dû quitter Asmara en pleine nuit. Lorsqu'elle avait fermé la portière du taxi, un homme aux rares cheveux dressés en l'air sur la tête était arrivé, essoufflé. Il avait bégayé des excuses pour l'irruption avec un accent britannique. Une femme le suivait en courant, portant un gros sac. L'homme avait lancé avec force les bagages sur la banquette, derrière, s'était assis devant, à côté du chauffeur un peu contrarié par l'addition de passagers. Rassuré par un arrangement fort avantageux, il avait démarré.

Une folle course contre la montre avait commencé. Le taxi roulait à toute vitesse sur la route mal éclairée. Le voile noir se levait au fur et à mesure qu'on s'approchait du but. Conversation de circonstance, présentations de la part de l'intruse.

Journaliste, elle vient au moins une fois par année en Érythrée pour écrire des articles. Depuis des années, elle descend au même endroit, la Pensione Africa. Elle vient de finir un livre, sans savoir que cet ouvrage lui vaudra un jour le statut de persona non grata dans ce pays qu'elle a adopté.

Dans le tourbillon des formalités, la journaliste avait fait ses adieux à l'homme aux cheveux épars.

La revoilà dans la salle d'attente, le nez plongé dans un livre.

Tous les acteurs de ce spectacle impromptu aux aurores sont légèrement endormis.

Deux hommes hispanophones avec des bérets bleus de l'ONU entrent en scène d'un pas assuré. Ils arrivent de Badme, le village à l'origine de la controverse à propos des frontières avec l'Éthiopie. Ils connaissent Hortensia Roth et informent Dolorès qu'elle a dû quitter sa mission prématurément pour une affaire de famille. Ceci explique pourquoi elle l'a plantée là dans un restaurant vide, sans jamais se présenter au dernier rendez-vous. Elle a tellement misé sur son aide, mais voilà, une affaire de famille l'a enlevée du circuit d'Asmara. Tout à coup, même si c'est elle qui a commencé, elle en a marre de l'entendre parler. Les deux Casques bleus ont compris. Ils commencent à bavarder entre eux en espagnol.

Plus loin, un grand homme noir s'est allongé sur trois sièges en vinyle tout aussi noir. On ne voit pas très bien son visage, car il s'est caché les yeux pour mieux dormir. Il dort malgré le vacarme de deux enfants, une sœur et un frère qui se donnent des coups vicieux. Ils sont très nerveux, ils veulent avoir la même chaise à côté de leur père. Ils se battent derrière le dos des parents. Les parents engueulent le garçon, victime de la mise en scène sournoise de sa petite sœur en larmes. Pourtant, c'est elle qui a commencé. L'injustice familiale défavorise l'aîné.

Dolorès se dirige vers le minuscule *duty free* qui vient d'ouvrir. Un monsieur aux cheveux gris coupés en brosse erre dans la boutique. Il porte une chemise proprette, des jeans trop amples froncés à la taille et délavés à l'acide, style années 1980. Les bords du pantalon ont été tournés par-dessus des Nike flambant neufs. Il porte une fine moustache. Lui aussi cherche à se débarrasser des derniers nafkas. Car, une fois en dehors du pays, cette monnaie ne vaut plus rien. Il se tourne vers Dolorès pour avoir son avis (sans succès) sur un cadeau pour sa femme. Très rapidement, ça tourne en exposé accéléré de sa vie : les raisons du voyage à Asmara, sa réussite. Il a de l'humour, cet ancien pharmacien d'Amman devenu homme d'affaires. Dolorès l'écoute d'une oreille distraite et amusée, jusqu'à l'anecdote choc des femmes «violeuses» en Arabie Saoudite. Là, elle sent que ça commence à se corser.

Il élabore sur ces riches mal-aimées par leurs maris, qui leur préfèrent la compagnie des hommes et les voyages d'affaires. Pendant leur absence, elles se jettent sur le jardinier, sur le chauffeur et, quand elle se lassent, elles partent à la chasse d'étrangers dans leurs limousines. Démunis de droits, les victimes ne peuvent jamais porter plainte. En minable objet sexuel dans les mains d'un groupe entier d'amies, ils se retrouvent à l'urgence, s'ils ne crèvent pas avant, achevés dans un lit à baldaquin rempli de femmes voraces.

L'appel à l'embarquement met fin à cette histoire qui laisse Dolorès perplexe. Mythe urbain ou vérité ? Il faudra attendre la sortie du livre *Rhyad Girls,* ou demander à son amie Jaddah, doctorante en sociologie.

Le Jordanien s'est arrêté en première classe. Elle a continué et s'est écroulée sur la rangée libre à côté de l'homme noir qui dormait dans l'aéroport d'Asmara. C'est à son tour à lui de l'observer pendant qu'elle dort.

L'homme à côté. Oui, elle a inventé cette catégorie. Depuis, ses amis sont plus attentifs au voisin de banc. Une fois, l'homme à côté a été une femme voilée. Elle était étudiante au doctorat, travaillait sur un gène de la fourmi et était fâchée contre son directeur de thèse, qui voulait lui voler l'idée. Elle lui avait tout dit ça, en rafale. De temps en temps, elle priait, murmurant des passages du Coran à toute vitesse. Elle lui avait expliqué à que, dans l'avion, comme il était plus difficile de calculer le temps et la position par rapport à la Mecque, elle priait sur une base plus aléatoire, mais quand même régulière.

Quelques rêves imprécis, des secousses, des poches d'air, des courbes étourdissantes la réveillent. Ses oreilles se bouchent. Un bébé hurle. La mère lui fait boire du lait pour qu'il se taise, il vomit le tout sous forme de fromage. Une boîte en métal tombe d'un compartiment à bagages mal fermé, non loin de sa tête. Les lumières s'éteignent. L'agent de bord moustachu annonce les consignes en arabe et en anglais.

En bas, les pyramides sortent en trois dimensions du désert plat. Et, tout à coup, El-Qaheera, la ville de sable, se déploie sous les yeux émerveillés de tous ceux qui ont un siège côté hublot. Édifices ocre, gris et bruns, couverts d'un film de poussière balayée par la tempête de sable qui vient de se terminer. On est en plein *hamsin*, période des cinquante jours où le sable se déchaîne.

Ouelcom to Cairo! Thank you for tchuzing Igipt Air! La voix de l'agent de bord annonce la bonne nouvelle: *The temperture in Cairo iz terty-eight digrees Celsius.*

163

Welcome to Egypt!

Quand les portes du vieil aéroport du Caire *El Matàr Qadeem* se ferment, un dernier courant d'air conditionné la rafraîchit, avant qu'elle se lance dans la canicule. Un groupe de hadji en provenance de Jeddah, portant tenue de pèlerinage et sandales, marche à côté de elle. Tous barbus, vêtus de blanc, ils attendent leurs femmes, aussi en blanc, à quelques pas derrière eux.

Enfin dehors. Une chaleur insupportable. Elle avance d'un pas alerte pour éviter les arnaques des faux guides avec leurs fausses cartes et elle arrête un taxi. Avant de monter, elle négocie le prix : *hamsin* (cinquante). C'est un peu excessif, elle le sait, mais elle n'a pas le choix. Elle a du mal à fermer la portière du taxi, qui s'attache avec une ficelle. Du fauteuil en vieux cuir déchiré de la Fiat 850, il y a quelques ressorts qui dépassent, alors elle glisse dans le trou à côté. Elle a soif.

Le chauffeur est bavard et la conversation démarre en anglais. Après la cérémonie du *Ouelcom to Igipt*, les questions plus directes ne tardent pas : *Iou merrid ?* Toi mariée ? Quand elle lui pose la même question, il répond en faisant un signe de tête résigné. Il roule les yeux et il donne libre cours à des propos pas très flatteurs : *Igiptian wumin nirvous. Madam Igipt, big eat, fatt eat too much falafel.*

Madam Franza, Canada, goud. Il lui avoue qu'il aime tout particulièrement *Girman wumin*, en faisant un signe international de délice. Ses doigts groupés touchent la bouche dans un baiser lancé aux cieux, comme s'il était en présence d'un plat avec beaucoup de sauce, une macaronade riche en calories. «*Iu are really beautiful*», s'exclame-t-il devant la femme étonnée dont les cheveux noirs et crépus ne correspondent guère au canon de beauté du Nord qu'il vient de vanter. Mais le compliment lui fait tout de même plaisir.

Des bosquets taillés en rond bordent la chaussée. Encadrés par ce corridor vert cru, les rythmes ondulés de la musique de Umm Kulthum à la radio sont cassés par la mauvaise réception de cet appareil vétuste, dont les boutons ont été arrachés. Le chauffeur pousse alors un stylo Bic dans un trou pour changer de poste, souhaitant faire plaisir à la passagère. Il veut entendre une musique plus moderne. C'est à ce moment qu'elle lui indique le chemin qui mène dans le Wust el-Balad : *shimal, yemeen, aala tool* (gauche, droite, en avant). On se croirait en Europe, si ce n'est des foules qui trahissent la vraie nature de ce *downtown* animé.

Bercés par la musique et les déformations des sièges, ils arrivent près du square de l'Opéra. Peu de temps après, le taxi s'arrête rue Mohamed Farid, au coin d'Adly.

Elle descend, heureuse de retrouver la pension, cet endroit mythique qui a inspiré poètes, cinéastes, musiciens, photographes, archéologues, journalistes et tant d'autres. Au cours des ans, rien n'a changé ou presque.

Seul le réceptionniste brisera la règle en mourant d'une crise cardiaque peu de temps après l'arrivée de Dolorès.

Mêmes odeurs familières : produits chimiques de nettoyage domestique, parfum âcre venant des rues fraîchement fumigées, émanations du canal quand la douche coule, savon aux roses.

Mêmes visages, mêmes formules d'accueil, mêmes questions. Les hommes ont les cheveux un peu plus gris que la dernière fois. On dirait que seule la patronne ne vieillit pas. Elle est toujours aussi belle, élégante, sa tête toujours aussi haute. Elle commande et mène ses troupes d'hommes avec fermeté. En lui donnant la clé, elle lui dit : « La 9 est la plus belle chambre. »

En entrant, Dolorès passe devant l'immense miroir qui couvre la porte de l'armoire. L'image que la glace lui renvoie n'est pas très flatteuse. De profonds cernes, surtout. Elle évite de justesse les sacs lancés sur le plancher en bois. Dolorès ouvre les portes du balcon colonial abrité par une toile verte.

Dehors, les klaxons, les cris des vendeurs, l'appel à la prière se croisent, se recoupent et se confondent. La rue compose et joue sa propre musique. Sur ce fond acoustique texturé et cacophonique, Dolorès s'écroule tout habillée sur son lit, grand comme une piste d'atterrissage.

Elle s'abandonne avec bonheur dans ce nouvel espace-temps ponctué par les appels à la prière et par le soleil; le sommeil efface ensuite toute référence. Combien de temps a-t-elle dormi? Difficile à dire, car elle a manqué le compte des prières, et il fait déjà noir. Les lumières de dehors se reflètent sur les murs et éclairent la chambre.

Il lui faut s'arracher du lit, où elle se sent collée au matelas. Lorsqu'elle sort brièvement sur le balcon en se frottant les yeux, elle sent, pour la première fois, le regard du comptable vis-à-vis.

Promenade

L'horloge de la réception indique 20 h 5. Un vieillard en robe de chambre satinée passe en traînant ses pantoufles. Il paraît que c'est un ancien diplomate devenu sénile. Les mauvaises langues disent qu'il vole la nourriture du frigo de la cuisine et ouvre sa robe de chambre pour montrer ses «bijoux» aux jeunes filles. Dans l'ascenseur, Dolorès croise celui qu'elle a nommé «le prince d'Assouan», qui vit sur le toit. On dit qu'il vend des chameaux. Il paraît très noble dans sa djellaba bleue, son immense turban blanc.

En bas, le minuscule café est vide. C'est là que, cinq fois par jour, des hommes du quartier viennent prier. Alignés par dizaines, nu-pieds, ils se plient tous en même temps à côté de la mosquée improvisée, qui ressemble à un abri d'auto de banlieue américaine.

Elle longe la rue Sherifien. Chez Simonds, des hommes en bas blancs fument et boivent du café. Ils attendent patiemment, les pieds sur des cartons. Le cireur travaille à l'extérieur sur le trottoir et rapporte au fur et à mesure les chaussures brillantes des hommes. La rue Kasr-el-Nil est bondée. Pas étonnant, car c'est jeudi soir. Dolorès a de la difficulté à avancer. Le vieux vendeur de bijoux planté près de l'intersection stratégique de Talaat Harb tient les colliers dans ses mains comme un bouquet. Il aborde les passants : *Bijou jouli jouli.*

Fatiguée par ce corridor de sollicitations sans fin, elle saute dans un taxi en direction du pont, le Kubri Kasr-el-Nil. Une femme l'aide à traverser, elle était figée devant la colonne infinie de voitures. (Il faut un certain temps pour pouvoir faire confiance à la vie, assez pour se lancer les yeux fermés dans la cohue de voitures qui roulent à toute vitesse sur le pont.) Une fois de l'autre côté, elle expire, se vide de tout le dioxyde de carbone accumulé dans ses poumons.

C'est ainsi que ses premiers pas dans la ville la mènent à ce moment d'abandon et de contemplation, en bordure du fleuve, sous la brise. Elle restera ainsi, immobile, pendant un bon moment, perdue dans des pensées qui naviguent vers le delta.

Une bouteille
d'eau minérale Siwa

Le comptable qui sait tout (ou presque)

« Je te vois. Tu le sais. Je calcule à la journée longue. Ma vieille machine crache de longs rouleaux de papier remplis de chiffres. La chambre est envahie par ce serpent blanc de papier. Le soir, j'éteins pour mieux te regarder. Tu es fatiguée, mais tu as l'air contente. Ton corps me raconte ta journée. Tu sors la chaise blanche. Je peux tout lire dans tes pensées.

«Ce soir, ton premier soir ici, tu as installé un fauteuil plus confortable à côté des chaises en plastique. Il fait plus frais, tu poses sur la petite table le verre de *limoun* que les garçons du café d'en bas t'ont préparé. Tu as oublié d'acheter de l'eau, alors tu ressortiras. Ton portable Nokia, que tu as acheté d'occasion, est sur ton carnet noir. Tu commences à feuilleter un livre. Je ne vois pas le titre depuis ma fenêtre. C'est l'homme de ménage de la pension, qui est mon ami, qui me le dira : elle lit *City of Sand*.

«Je vois dans tes yeux. Je vois la rue à travers tes yeux. Tu es mon miroir. Et tu le sais. Je sais que tu le sais.

«Du haut de ta terrasse, tu regardes les passants qui circulent comme un fleuve sur la rue.

«C'est jeudi soir, la version arabe de la *Saturday night fever*. C'est pour cela qu'il y a encore plus de monde. Tu aimes ce cinéma nocturne. À droite, sur le toit du Al-Khan Hotel, on prépare les grils. La fumée a déjà envahi le resto terrasse, qui commence à se remplir. Tu vois des silhouettes s'agiter. Le nom est écrit en grandes lettres, sur le mur qui abrite les treize étages de l'hôtel.

«Devant toi, les mannequins voilés tournent sur une plate-forme dans la vitrine des magasins. Des hommes accompagnés de leurs femmes, parfois vêtues de niqab, s'arrêtent devant les boutiques. Juste en face, chez Shaharazad, on arrange la vitrine pour la énième fois.

«Plus loin, au coin de Mohamed Farid et de Adly, des vêtements plus décolletés sont vendus dans les boutiques. Il n'y a pas de limite à la fantaisie des designers de mode intime féminine. On en trouve pour tous les goûts : slips à trous et à pompons, soutiens-gorge rouges avec fourrure et autres merveilles, jusqu'à des *G-strings* mémorables, avec rangée verticale de nœuds papillon à l'endroit stratégique. Ces installations artistiques sont fièrement exposées à la vue de tous. Je sais ce que tu penses, dans tes mots à toi : *paradoxe.*

« Ici, le terme de *lèche-vitrine* prend tout son sens. Ceux qui ont plus d'argent entrent. Ils veulent à tout prix retrouver un de ces accessoires sous la robe de leur épouse, pour leurs yeux seulement. Ils ressortent accompagnés par le gérant, signe qu'ils ont bien consommé. Un gros sac à la main. Probablement déjà excités. Rendus à la maison, en *top model* d'un soir, elle enlèvera le voile et enfilera ces exclusivités.

« Je sais qu'aujourd'hui tu as vu des hommes couper du fil électrique avec leurs dents. Et que tu as fais : aoutchhh ! Et que tu ne t'habitueras jamais à voir des hommes se pincer délicatement le bout du sexe sous la djellaba, avec deux doigts.

« Quelqu'un siffle. Au même moment, sans hésiter, les vendeurs illégaux installés sur le trottoir ramassent la marchandise en vitesse. Ils sont déjà disparus dans la ruelle, leur immense plateau sur la tête, avec des bouteilles d'eau, des cravates, de faux T-shirts Puma et Lacoste. Les chaussettes sont à trois paires pour dix livres égyptiennes. *Talata ashara !* Même prix depuis des années. Un camion rempli de policiers passe à toute allure, en scrutant chaque mètre carré de la rue. Dans la ruelle, on attend silencieusement avec le plateau sur la tête. Quelques secondes plus tard, les hommes reprennent leurs cris : *Talata ashara ! Talata ashara talata asharaaaaaaaaaaaaaaa !*

« Pas très loin du magasin de lingerie fine Shaharazad se trouve l'inscription *Honololo*, une épellation revisitée de "Honolulu". L'établissement t'intrigue. Le soir, il y a tout un trafic. Des hommes aux gros ventres rentrent et sortent tard dans la nuit. Une fois, tu as vu une jeune femme à talons hauts qui sortait en courant avec un sac doré. Elle a sauté dans un taxi. C'est là que tu t'es demandé si ce n'était pas une sorte de bordel. Certains disent que oui.

« Du haut de ta terrasse, tu vois tout ça : l'avant, l'après, le pendant de ces trafics nocturnes. Tu vois autour et dans le cadre de cet écran qu'est la rue.

« Tu entres dans la chambre et tu disparais pour un bon moment. Ah, là, je te vois dans la rue, tu avances d'un pas pressé. Un vendeur passe avec un plateau de pains plats en pyramide sur son vélo. Les voitures klaxonnent bruyamment. »

Un des vendeurs ambulants, dont elle voyait le début de calvitie d'en haut, est à présent devant elle, en gros plan. C'est comme si elle était passée du balcon à la première rangée d'un théâtre durant la représentation. On est presque aveuglé par la proximité : le nez collé sur les vitrines, sur le mannequin voilé qui tourne sur son socle du magasin Shaharazad. La porte noire du Honololo fermée aux regards indiscrets. Dolorès tourne à gauche, au coin Mohamed Farid, et continue sur la rue 26th of July, cette artère qui palpite de vitalité vingt-quatre heures sur vingt-quatre. Des fleuves humains se déplacent lentement devant les magasins de chaussures ou de vêtements, avec un arrêt bien mérité à la pâtisserie El-Abd, qui déborde de sucreries. Les vendeurs sur le trottoir s'occupent de l'ambiance sonore, des jouets qui font *bip, bip, hiiiiin*. Leurs cris annoncent la marchandise. L'atmosphère est électrique.

C'est à ce moment qu'elle passe devant un magasin pour hommes. En grandes lettres dorées, elle lit : *FATTAL*. C'est vrai, elle n'a plus pensé à lui depuis un moment. C'est curieux comme le mouvement et l'accumulation d'informations réussissent à couvrir les souvenirs les plus forts. Le cerveau se protège. Mais parfois, il suffit de peu pour redémarrer la mémoire temporairement arrêtée. L'étincelle est ici, ce foutu magasin dont le nom s'écrit avec deux *t* et sans *h*. Elle refuse de laisser Fathal entrer dans son espace. C'est lui, le journaliste, qui lui a brisé le cœur et qui mourra en direct à la télévision.

Past is past. Mais cette nuit-là, c'est le retour du refoulé. F trouvera le moyen de forcer son entrée. Elle rêvera à lui. Elle fait le tour du monde et son nom à lui est sur chaque liste des auberges, à côté de celui d'une femme de l'Est. En chaque lieu, il apparaît derrière des colonnes, des murs, sur des plages, des collines. Partout, il a la même expression, comme s'il était couvert d'un masque grotesque : il ricane en montrant des dents de requin pointues. Elle se réveillera en sueurs, avec une crampe au ventre. Elle luttera contre ces images qui lui laisseront un goût amer dans la bouche. Elle voudra expulser Fathal de sa tête, de cette ville. Même quand son image reviendra en projection sur le Nil, elle souhaitera la voir se déverser au plus vite dans le delta.

« Te voilà enfin revenue. Tu as ouvert la boîte de pâtisseries de chez El-Abd et tu as avalé un baklava fondant. Tes doigts sont huilés. Tu bois de l'eau Siwa à la bouteille. Tu regardes vers l'édifice derrière la rangée de magasins. Un vieil ascenseur transparent monte et descend. Tu te lèves, tu défais la table, tu fermes la porte pour te protéger des moustiques. Je ne peux pas t'imaginer nue dans ton grand lit. Le ventilateur tourne à pleine vitesse. La fumée anti-moustiques te brûle les narines.

« Ce soir, je serai seul à regarder le cinéma sur Mohamed Farid. Je te raconterai avec mes yeux noirs ce que tu as manqué. Et toi, que me raconteras-tu avec tes yeux bleus ? Ou sont-ils verts ? »

Très bien, homme comptable de la rue Moha-med Farid, puisque tu es si curieux, tu seras servi. J'espère que tu ne perdras pas trop. Si tu veux, je te dessinerai une carte aérienne. Et si, pour commencer, tu veux comprendre d'où je viens, il faut se placer le plus loin possible dans l'espace.

Il était une fois à l'est
(Le rideau de fer
vu de l'espace)
10

Pain noir sec, pâte d'oignons en tube et odeur de cigares au chou

Tout va bien, camarade Valentina Terechkova

Quand le Suédois Reimar Stridh capte la fréquence satellite de 20,006 MHz sur sa radio amateur, il sait d'où ça provient et se réjouit. Et quand, à 12 h 26, il entend une voix de femme qui dit : *Ya Chaïka, ya Chaïka*, il sait qui parle. Mais pour le reste du monde, c'est-à-dire pour tous ceux qui ne comprennent pas le russe, ou bien qui n'ont pas de radio, la signification de ces sons reste un mystère. Ils doivent attendre que la bonne nouvelle se répande autrement. Bien sûr, au Centre spatial de Baïkonour, au Kazakhstan, on est soulagé parce qu'on sait que la femme du nom de Chaïka (Goéland) est pour le moment saine et sauve. Les camarades de la base aérospatiale qui ont eu chaud en voyant que la transmission ne fonctionnait pas au début, le personnel de soutien, les secrétaires, pour ne pas parler de Nikita Khrouchtchev dans son fauteuil préféré au Kremlin, ont-ils alors levé un verre de vodka pour l'occasion ?

Un peu plus loin, cette fois près du parallèle 45, à l'est de la Suède et au sud de l'URSS, il est très tôt en ce matin un peu gris à Bucarest.

Chaïka a eu le temps d'envoyer d'autres messages, et même, paraît-il, de chanter. Elle n'a presque pas touché au repas spatial, car dès les premières bouchées elle a eu envie de vomir. Il paraît que le pain était sec, que les oignons en tube goûtaient le diable et que le chocolat était dur comme du ciment. Le menu avant le décollage était de loin meilleur : côtelettes de veau, tranches de citron, café servi en gel dans un tube. La vue, en revanche, était magnifique : aux pieds de Terechkova défilaient continents, océans, mers, forêts, fjords, même le canal de Suez et le désert jaune africain traversé par le ruban du Nil. Elle racontera qu'elle a vu tout ça, et ses photos le prouveront.

C'est au moment où Valentina survole l'Europe qu'Adina allume, comme chaque matin, la petite radio à transistors posée en équilibre précaire sur le bord de la fenêtre de la salle de bain. Dans le miroir cassé, elle aperçoit les reflets d'un visage fragmenté et profondément cerné. Elle s'apprête à se brosser les dents, sans savoir que cette action machinale aura lieu sur fond d'annonce historique.

D'un coup sec, la voix aiguë de la *speakerine* socialiste couvre le bruit du robinet, qui coule dans le vide. La petite boîte à sons s'anime enfin d'une grande nouvelle. «Chers camarades, Valentina Terechkova, la première femme à voyager dans l'espace, s'est envolée de la base de Baïkonour à 09:29:52 sur Vostok 6!» Mais ici, les nouvelles arrivent un jour en retard.

L'air de musique folklorique très kitsch et stridente qui suit oblige Adina à fermer la radio, car elle est allergique au genre. Elle crache le dentifrice avec bruit, elle-même surprise par son propre manque de classe, prend la brosse à cheveux en ivoire et en poil de cheval héritée de sa mère aristocrate et, songeuse, la passe dans ses longs cheveux noirs. Tout l'appartement sent les cigares au chou que son amie Miruna a apportés dans un chaudron rouge en fonte émaillée ornée de fleurs blanches.

Hypnotisée par son geste répétitif et par la sensation si agréable sur son crâne, Adina rêve debout, pense à la femme dans l'espace, qu'elle envie un peu. Elle aimerait être dans la fusée avec Valentina, en copilote, loin de tout, loin de son énorme ventre qui l'empêche de dormir. Des nuits interminables où elle ne sait plus comment se placer. Sur le dos, elle a mal au dos, sur le côté, le ventre déborde et s'écrase... Une montagne vivante s'interpose à chaque fois entre elle et le matelas. Sans avertissement, des crampes, comme des couteaux de boucher aiguisés enfoncés dans la fibre de ses muscles, lui bloquent les jambes. Elle hurle de douleur dans le noir et ne s'assoupit qu'après des séances de respiration. Le matin la sauve du royaume des cauchemars et de la douleur.

Alors qu'elle rêve encore des hauteurs infinies de l'espace où elle voudrait s'échapper et se perdre, un liquide chaud commence à couler entre ses jambes. Son corps immobilisé par la panique se fige dans une pose pas très gracieuse. Jambes écartées, elle commence à trembler. Ça ressemble à une crise épileptique. Elle le sait. Ça y est : l'inévitable, l'irréversible est arrivé ! La machine est en marche. Qu'est-ce qui a bien pu en être le déclencheur ? L'émotion devant l'histoire en train de s'écrire ? Le hasard ? Simplement la date ?

En route vers l'hôpital sur fond de sirènes, Adina crie de toutes ses forces dans l'ambulance. Miruna, sa meilleure amie appelée au secours, est arrivée rapidement comme une flèche, et lui tient la main. Le jeune ambulancier stagiaire a mal à la tête à cause des cris, mais il ne peut rien faire, ni pour lui ni pour la future mère.

Valentina est en orbite depuis un bon moment. La température de sa cabine est de 20 degrés Celsius, c'est elle qui le dit. Après quelques bouffées d'émotion et un mal de cœur qui s'explique, la voilà enfin tranquille, elle contemple avec bonheur la planète bleue. Elle transmet : « Je vais bien, tout va bien à bord. Je vois l'horizon, une bande bleu pâle magnifique, je vois la Terre. » En regardant par la fenêtre de Vostok, elle conclut : *« All goes well ! »* pendant qu'un crayon flotte en apesanteur tout près d'elle.

Personne ne hurle dans sa cabine. Sans doute a-t-elle ses propres soucis. Valentina pense par exemple à sa mère. Elle lui a menti. Oui, sa mère ignore où elle est, pendant que le monde entier regarde vers le ciel. C'est à la télé que la mère apprendra l'exploit de sa fille à son retour sur Terre. Elle se sent coupable de lui avoir caché la vérité, mais elle n'avait pas le choix. A-t-elle prié pour l'âme de son père tractoriste, mort avant de pouvoir se réjouir de la prouesse de sa fille ? Ou était-elle assez disciplinée pour ne pas succomber à cette tentation ? On ne saura jamais. Ce qui a réellement pu se passer dans sa tête restera à jamais coincé entre les parois de la capsule de Vostok, exposée au musée de Star City.

On ne peut que spéculer sur son amour secret pour Yuri Gagarin, et sur le fait qu'elle a dû soupirer en pensant à lui. A-t-elle eu envie de lui écrire une lettre d'amour avec le crayon qui flottait dans la cabine ? Un jour, Yuri, sans doute sous l'influence de l'alcool, qu'il avait l'habitude de boire en quantités généreuses depuis son retour de l'espace, lui a même touché l'oreille, devant tout le monde. Un photographe indiscret a immortalisé cet instant déplacé. Ils portaient leur uniforme, loin d'être les Adam et Ève de l'espace. On a préféré les garder au rang de frère et sœur, en les habillant en jumeaux plutôt qu'en fiancés. Nikita l'a donnée à un autre cosmonaute et Yuri a fini en flammes. Ce sera la grande douleur étouffée de Valentina. Mais, à bord de Vostok 6, elle peut encore rêver à lui en paix.

Avec son costume orangé, ses bottes et ses gants gris, son casque blanc aux initiales du pays, Valentina tourne autour de la Terre. De là-haut, elle voit d'abord cette ambulance qui transporte deux femmes. Elle agite son foulard dès qu'elle voit apparaître le véhicule avec une grande croix sur la porte de côté. Elle veut saluer la future mère, héroïne couchée sur la civière. La couverture qui enveloppe la femme en travail est en feutre épais.

Elle tourne ensuite la tête. À l'autre bout du monde, un homme est préoccupé. Il marche seul et fume paisiblement. Elle n'arrive pas à bien voir le pays, juste le continent. Quelque part en Afrique, cet homme ignore que la fille qui va naître dans un hôpital de Bucarest est sa fille. Valentina se tourne de nouveau vers l'ambulance. La femme tient son immense ventre avec les deux mains. À juger par les grimaces sur son visage, la future mère doit avoir vraiment mal. Elle arrête de hurler et essaie de respirer. La porte battante de l'urgence se ferme derrière elle. Après, plus rien.

Valentina aime le rouge. Elle s'en met même sur les lèvres à l'occasion. De sa fusée, elle voit plein d'étoiles rouges, mais pas le sang qui couvre déjà le corps du nouveau-né d'Adina. Quarante-huit fois, elle tourne autour de la Terre pendant vingt-deux heures et quarante et une minutes. Le troisième jour, elle la voit sortir de l'édifice verdâtre de l'hôpital, un baluchon dans les bras ; la femme ne hurle plus. Valentina voit les larmes séchées sur les joues de la nouvelle mère. À son tour, Adina sourit et regarde vers le ciel. Elle voit passer la fusée de la grande cosmonaute, qui se demande quel est le nom de ce bébé un peu foncé. Terechkova ne voit pas tout, car elle tourne jusqu'à la nausée, et il y a toujours un angle aveugle.

Dolorès naît dans un bain de sang et dans une rivière de larmes. En accouchant, Adina crie de toutes ses forces. Avec sa voix de cantatrice, la mère blanche de la mer Noire hurle de douleur, de chagrin aussi. Elle chante un opéra extrême, avec des airs de tragédie. L'absence de Habib, homme de sa vie, père de Dolorès, parti loin, mais où ? Corps et cœur déchirés, seins ensanglantés, Adina embrasse sa fille mouillée par ses larmes chaudes et le sang rosé. Dolorès.

Voilà mon baptême, sans témoins, dans une cascade de sanglots. La peau de ce bébé de douleur, un peu noir malgré les yeux bleus, sent le sel. Elle, c'est moi.

C'est l'été et dans ce coin du monde, ça sent partout le parfum des marronniers. Terechkova, dans un tailleur noir couvert par un *v* de médailles, serre la main de Khrouchtchev, qui est très fier d'elle. Elle pense un instant à la scène attendrissante vue de l'espace avant de monter dans la limousine. Au moment où la portière se ferme et que Valentina disparaît du cadre, les protagonistes de la petite et de la grande histoire sont propulsés dans la machine du temps, à la vitesse de la pensée, aux quatre coins du monde.

Un jour, je visiterai le musée de Star City près de Moscou. En voyant les artefacts de Valentina dans la vitrine (sa salopette, son casque, ses bottes, la maquette de Vostok 6), je comprendrai, non sans émotion, que ces objets sont les témoins involontaires de mes origines. Je suis fière d'être née en ce jour historique, qui a commencé pourtant par un geste banal, celui d'une femme qui se brosse les dents et les cheveux, en écoutant la radio.

Sous l'effet
de l'eau-de-vie aux prunes

Éclats de vie sur fond d'air rouge
(ce que Terechkova n'a pas vu)

Occupée par l'interminable festival de visites officielles et promotionnelles, Valentina manque
quelques bouts dans la suite de ma vie. Pendant
qu'elle visite une usine modèle, dans un obscur village polonais, habillée de blanc, sous les applaudissements des ouvriers et des pionniers, des enfants
courent dans la rotonde et chassent les oiseaux
devant un édifice gris du modernisme morose de
Bucarest.

Adina est devant la fenêtre. Elle essaie de faire
des vocalises, ensuite de chanter, mais sa voix déraille et se transforme en vociférations de rage. Les
pigeons s'envolent. Il faudrait laver les couches de
Dolorès plutôt que de faire de l'opéra, mais l'eau
est de nouveau coupée. Elle descend alors à pied
chez le concierge, car l'ascenseur est brisé. Elle

transporte des seaux comme un mulet, malgré le destin de diva qui l'attend. Mais cela est en partie entre ses mains, maintenant. Car, à quelques mètres de la ligne d'arrivée, elle a avoué ne pas avoir la force de finir le conservatoire. Elle a été proche de craquer, mais son amie et alliée Miruna a fini par la convaincre de reprendre le dernier séminaire avec l'illustre ténor Falconetti venu de Rome. La voilà sur la bonne voie.

Pourtant, cette nuit encore, elle se réveille en pleurant, confuse, entre les cauchemars et les cris du bébé qui a des coliques. Elle pense à Habib : le dernier homme à l'avoir touchée, lui laissant un cadeau. Habib, où es-tu ? Le bébé cesse de pleurer pour une seconde, reprend ensuite les cris de toutes ses forces. Avec la voix qui tremble, coupée par les hoquets, elle implore en boucle : arrête, arrête, arrête. Mère et fille s'endorment épuisées par les pleurs, chacune dans son style. Il est quatre heures du matin.

La fête

C'est un matin ensoleillé qu'Adina voit pour la première fois l'image, inattendue, dans la glace de la salle de bain. La femme des derniers jours, aux cernes mauves, aux yeux sortis de leurs orbites, aux joues salées et aux cheveux mêlés, a cédé la place à une autre. Elle n'est plus la bête, mais la belle du miroir. De son lit, Dolorès observe la transformation avec de grands yeux.

De nouveau, la panne d'eau chaude oblige Adina à prendre une douche froide. Elle sort rapidement de sous le filet glacial, noue en grelottant ses cheveux en un chignon mouillé. Tout à coup, elle sort sa trousse de maquillage. Ses yeux jadis ravagés par le sel du malheur brillent sous la discrète ombre de pastel qu'elle applique. Le rouge feu met en évidence sa bouche encore pâle. La robe qu'elle enfile contraste avec l'uniforme post-partum (pantalons trop grands, T-shirt kaki troué, pull rétréci au lavage).

C'est le gala du conservatoire et Adina décide d'y aller. Si on lui avait demandé hier, ç'aurait été toute une autre histoire. Elle dépose d'abord Dolorès chez la grande mère Ileana, alias Mami, qui habite à quelques pas du conservatoire. Adina porte une longue robe noire qui a appartenu à Alexandra Bisantz, la mère aristocrate d'Ileana, sa grand-mère préférée.

Elle arrive en retard. Ses collègues sont tous là, tout le monde est chic, Falcoletti est entouré de la cour habituelle. Il est petit, gros et barbu, mais il a beaucoup de charme. Certaines trouvent qu'il a même du *sex-appeal*. Il parle roumain avec un accent charmant. Il a été invité pour cinq ans, mais il a décidé de rester pour de bon. On dit qu'il est homosexuel, même si personne ne connaît sa vie privée. Quand il donne des récitals, les femmes l'entourent avec grâce et coquetterie, lui les complimente, les fait rire, puis repart chez lui, seul. Falcoletti aime beaucoup Adina et trouve qu'elle a du talent. Il devine son drame sans poser des questions. En la voyant, il s'arrache au cercle des adoratrices et se dirige vers elle. «Tu es resplendissante!» D'un geste théâtral, il lui baise la main. «Ravissante! *Brava!*»

Quelqu'un tire par le bras le *maestro*, interrompant ses compliments, pour lui présenter une personne importante. Il disparaît ainsi dans la foule bigarrée et Adina reste un instant seule, mais aussitôt des collègues et des amis s'approchent. Mara, une collègue qu'elle a découverte à la fin de ses études, est accompagnée d'un homme aux yeux clairs et aux cheveux d'un blond cendré. Voilà Leonhardt. Non, il n'est pas musicien, mais neurochirurgien. Quand Adina lui dit qu'elle est impressionnée, il pense qu'elle se moque de lui. Elle insiste, vraiment, elle trouve ça fascinant, le cerveau. Il répond que si elle veut voir, il en a des bocaux pleins. Adina est dégoûtée. Non, intéressée, mais pas à ce point. D'autres amis arrivent et la conversation se perd dans la cacophonie. La soirée se déroule comme toute fête du genre: conversation, buffet, alcool, musique.

Et c'est là que Leonhardt l'invite à danser. Elle hésite. Mais il finit par la convaincre avec son sens de l'humour fin. Adina, riant, pose un bras sur l'épaule droite de Leonhardt, l'autre sur sa taille. Étonnée de sentir son corps suivre le rythme ondulatoire de la danse, elle se plonge dans un état étrange. Une nostalgie douce s'empare de tout son être, elle n'entend plus ce que Leonhardt lui raconte, doucement. Elle danse avec lui comme si elle était gérée par le pilote automatique. Ses pensées sont dans un ailleurs indéfini.

Leonhardt

Qui est ce juif errant qui la serre un peu trop dans ses bras? Chose confirmée, il est le frère de Mara, pas son copain, comme elle l'a pensé au début. Oui, ce bel homme danse avec elle. Sait-il qu'il est en train de prendre la place laissée vacante par un homme dont le prénom veut dire «amour» en arabe? Le sait-il?

Ils rient en dansant le slow. De temps en temps, Adina sent venir ses larmes malgré les éclats de rire et la confusion des émotions. Ses joues brûlent.

D'après les larmes qu'on voit couler sur les joues colorées d'Adina, le docteur a fait son diagnostique. Et elle, peut-elle lire ce qui se passe dans la tête de ce neurochirurgien ?

Leonhardt serre contre son corps celui d'Adina, qui pense à Habib.

Habib

Ça fait une éternité qu'elle n'a pas senti un corps d'homme collé contre elle. Combien de fois s'est-elle réveillée tout habillée sur le lit défait du matin, dans une forêt de draps mouillés après avoir rêvé à Habib ? Il l'a aimée pendant toute une nuit sans que leurs corps se décollent. Et ils se sont aimés jusqu'à tomber sans connaissance. C'est à cette nuit-là que Dolorès doit son existence.

Dolorès est née d'un geste d'amour fou, d'un aveuglement d'amour. Elle est née de l'évanouissement d'amour d'Adina, d'un secret que Habib a dû cacher. Dolorès est le fruit de cette dernière nuit aux étranges non-dits.

Combien de fois Adina a-t-elle ressassé l'histoire de ce matin à la fois béni et maudit ? Elle revoit la dernière scène qui a eu lieu à l'aube : Habib la regarde de ses yeux qui brillent étrangement. Elle est encore sous l'influence du bonheur et ne voit rien. Il l'embrasse avec force et sort en vitesse, en boutonnant sa chemise. Sans dire un mot.

Adina perplexe, immobile pendant une bonne partie de la journée. Nue au milieu du lit défait, au milieu d'un amour, défait aussi. Le sperme de Habib coule doucement de son sexe, elle le sent sécher sur elle. Elle regarde dans le vide et n'a même pas froid. Aucune sensation. Son cerveau est en panne. Si elle avait connu Leonhardt alors, il aurait pu la réparer, ouvrir sa tête, remettre les circuits à leur place.

Elle danse avec Leonhardt en pensant à Habib. Son corps réveille des sensations depuis longtemps endormies. Elle enlace Leonhardt, ils se taisent, ils ont arrêté de rire. Elle a envie de pleurer, ses yeux se remplissent de larmes, elle dit à Leonhardt : «Excuse-moi.»

Sous les marronniers

Cette nuit-là sera magique. Leur première. Ça sent l'asphalte mouillé et les arbres pleins de sève. La ville est paisible. Ils marchent en silence, avec l'envie partagée et tacite que cette promenade ne finisse pas. Ils sont bien comme ça, tous les trois. Ils sont arrivés dans le parc au bord du lac.

Dolorès dort profondément. Tout à coup, Adina commence à parler. Elle déballe l'histoire de ma naissance, de la disparition de Habib, omet quelques détails sur leur nuit d'amour. Ce moment sacré lui appartient. Qu'est-ce qui lui a pris? D'habitude, elle est très privée. Mais c'est trop tard. Elle continue. Leonhardt l'écoute en silence. Elle sent qu'il l'écoute vraiment, vraiment. Et ça lui fait un bien énorme.

Il pose le bras autour de son cou. Ils se taisent, immobiles devant le lac. Sous les yeux discrets d'une statue de bronze couverte de végétation, il l'embrasse doucement. Le poète national avec sa grosse moustache approuve. Tout est en place pour le romantisme dont ce poète a été le champion. Le ciel est bleuté, le lac est d'un noir indigo. On entend le son amplifié des insectes. Des oiseaux volent au-dessus du lac. Leonhardt serre Adina un peu plus contre lui. Quand elle tourne la tête, leurs bouches tombent collées l'une sur l'autre. Leonhardt a des lèvres extraordinaires. Sa langue connaît le chemin. Les mains se promènent, Adina vérifie du coin de l'œil si la petite dort toujours. Une fille passe avec sa mère. Elle fait *ouache beurk* en voyant les amoureux.

Quand ils arrivent à la sortie du parc, ils sont toujours enlacés. L'histoire de la vie d'Adina, qui a coulé dans une phrase fleuve, a été interrompue par ce geste passionné. Elle voudrait maintenant que leurs bouches restent scellées, que leurs langues restent nouées, leurs corps enchevêtrés. Habib l'avait abandonnée là, nue sur un lit défait. Elle s'est sentie volée, à jamais vidée de désir, privée de vie et de féminité. Voilà que Leonhardt lui fournit la preuve du contraire : elle est encore une femme, elle est en vie.

Femme et homme marchent ensemble. Ils ne sont pas encore mère et père de l'enfant qui est au milieu. Ils sont un homme et une femme avec un enfant. Pour l'instant, l'homme et la femme s'embrassent devant un bébé qui dort. Le bébé rêve à une rivière de lait qui se déverse directement dans sa bouche. Le bébé sourit dans son sommeil. Adina et Leonhardt flottent, ne décollent leurs bouches que pour éviter de foncer dans un de ces arbres centenaires dont est parsemé le parc. D'ailleurs, ils ont évité de justesse une collision avec un poteau électrique.

Devant l'entrée de l'immeuble gris où habite Adina, les pigeons s'envolent tous d'un coup. *Frrrrrrr.* Le bruit d'ailes réveille Dolorès. Elle ouvre ses grands yeux bleus comme la mer, surprise de voir un visage inconnu. Leonhardt lui fait un sourire, le bébé répond. Aussitôt, son visage change d'expression, sans avertissement. Dolorès commence à pleurer.

L'ascenseur est, comme d'habitude, en panne. Ils montent à pied. Dolorès crie de toutes ses forces, Adina a peur qu'elle réveille tout l'immeuble. Essoufflée, elle pousse la porte avec son genou. Le lit est défait, c'est le désordre, des robes par terre, des vêtements de bébé couvrent toutes les surfaces. Adina offre à Leonhardt la seule chaise libre. Ils déménagent sur le balcon. Ça y est, Dolorès, qui a fini de manger, s'endort. Leonhardt, assis au milieu du chaos, regarde distraitement autour, amusé par toute cette folie spontanée. Il la trouve si belle, Adina, la diva à la peau blanche comme l'ivoire, avec ce bébé chocolaté. Adina ne pense qu'à une chose : elle prendrait la bouche du neurochirurgien comme ça, d'un coup, elle entrerait à son tour sa langue jusqu'au fond de la gorge de ce Leonhardt qui l'a réveillée à la vie. *Open mouth kiss.*

À côté, Dolorès ronfle un peu. Leonhardt rigole. Adina rit à cause du rire de Leonhardt. Ils s'installent par terre sur le balcon avec une bouteille de *tzuica* du nord du pays. Ils boivent à la bouteille cet élixir de prunes ; à chaque gorgée, il faut faire un vœu. Ils le font, au début à haute voix, ensuite dans leur tête.

Noroc!

Ils lèvent leur verre. Ils disent *cin, noroc, skol!* Cul sec. Chaque fois, un vœu. Adina souhaite qu'elle et Leonhardt soient des amoureux. Arrêter les larmes. Être femme. Cantatrice. La vie et l'art. Sortir du pays. Avec ou sans lui. Retrouver Habib, un jour? Pour la petite. Pour elle aussi.

Leonhardt souhaite qu'ils deviennent des amoureux. Convaincre Adina qu'elle est belle et femme. La faire rire, pour qu'elle arrête de pleurer. Lui faire oublier Habib. Sortir du pays, tous, ensemble. Lui, un grand neurochirurgien. Elle, une diva. À la science, à l'art et à la vie!

De temps en temps, ils mangent de la confiture aux cerises sures directement du pot.

Ils s'endorment enlacés, habillés, un peu ivres, avec toute cette eau-de-vie de prunes et la fatigue dans le système.

Leur première nuit: une nuit de tendresse qui s'arrête là. Ils ne font l'amour que dans leurs rêves respectifs, là, allongés sur le balcon. Et c'est mieux comme ça, pense chacun de son côté.

C'est ainsi que Leonhardt entre dans la vie d'Adina, par la porte principale d'un décor nocturne et parfumé. Quant au premier sourire échangé entre lui et Dolorès, celui-ci scellera à jamais un pacte. Pour leur part, Adina et Leonhardt seront inséparables, jusqu'à la mort. C'est lui qui partira le premier, écrasé par un camion sur une belle route de Floride.

Pour l'instant, ils sont encore ici, ils sont jeunes et heureux. La nuit sous les marronniers marque le début de la période la plus lumineuse de leur vie.

Bientôt, ils se marieront. Ce statut leur donnera le droit à un nouvel appartement. Ils déménageront dans un quartier ouvrier, en périphérie. Le bloc en forme d'un *y* sera encore en construction. Un marché et un cimetière compléteront ce paysage désolant et presque campagnard.

Pendant la cérémonie civile, ils tiendront Dolorès par la main. Elle portera une jolie robe blanche à taille basse, Adina un tailleur bourgogne et Leonhardt, un costume brun foncé. Ensuite, ce sera la fête. Danses endiablées, alcool, cigarettes. Le matin, au centre d'une table un peu bancale, un pot de cornichons et une louche seront à la disposition des convives souffrant de la gueule de bois. Dolorès, avec sa robe froissée par une nuit passée dans les bras des danseurs, ensuite sur la montagne de manteaux déposés sur le lit, partira chez les grands parents pour la journée, en se frottant les yeux.

Adina et Leonhardt quitteront la ville en moto. Ce sera leur petite escapade pour souligner les noces, en attendant le grand départ.

Saucisses de Debrecen fumées et eau gazeuse Bibortzeni

Le train de la liberté : images en mouvement

L'enfant colle le nez sur la fenêtre sale du compartiment. Elle souffle sur la vitre froide, son haleine chaude crée un fin givrage. Elle écrit « NU ». Non. Ensuite elle efface chaque ligne.

Il fait nuit, le train avance dans le nuage de fumée foncée de la locomotive, dans le brouillard, dans l'obscurité de la nuit et celle de l'inconnu. Elle appuie la tête sur le fauteuil légèrement défoncé. Adina dort dans les bras de Leonhardt, elle a froid avec son gros ventre caché sous un manteau brun.

Dolorès s'abandonne aux images qui commencent à défiler devant ses yeux à moitié fermés. Ce sont les yeux fatigués d'une enfant qu'on a arrachée du lit chaud en pleine nuit, d'une enfant qu'on a sortie de sa chambre sur la pointe des pieds, puis de la maison, en refermant doucement la porte ; après, on l'a sortie de la rue, en regardant partout, enfin, du pays, en vitesse. L'enfant ne comprend pas tout à fait ce qui arrive. En même temps, elle a tout compris.

Dans le désordre des sens, des perceptions, des chronologies et des lieux, elle voit, elle entend et sent en vrac ; les yeux rouges d'Adina. Vocalises en provenance de la salle de bain. Chuchotements dans le salon, le jour où elle a entendu un homme noir prononcer le nom «Asmara». Le son sec de la tête de Damian, un garçon méchant qu'elle a battu un jour. Le souffle un peu bizarre qu'elle entend en provenance de l'autre côté de la chambre encore divisée. Que font Leonhardt et Adina pour souffler si fort ?

Le parfum Chanel de Mami Ileana. Les bijoux brillants sur sa main pleine de veines. Le nœud papillon de Dinu, son grand-père Bunu, toujours bien mis, prêt à donner le concert de sa vie. Elle sent monter dans ses narines la fumée de son cigare. Les accords du *Concerto en ré majeur* de Beethoven, le piano Steinway de Dinu, le violoncelle de Sviatoslav, *Le Scarabée*, joué par ce meilleur ami de Dinu.

Le *yarmoulke* d'Ira oublié sur un fauteuil Louis XV. Les bourrelets de Babsy, la *Jewish Mother* de Leonhardt, quand elle se penche. L'odeur de boule de naphtaline dans cette maison cachée par des rideaux épais. La robe bleu pétrole de diva qu'Adina met lorsqu'elle donne des récitals. La petite valise de médecin de Leonhardt curieusement appelée « baise-en-ville ».

La campagne. Odeur de foin, de fleurs sauvages, de myrtilles, de bouse de vache dans ce village au pied de la montagne. Odeur de champignons dans la forêt humide, air rare en haut de cette chaîne rocheuse. Sons de cloches des moutons qui passent devant la petite maison, bruit du cheval gris qui a fait d'elle une *cow-girl* de l'Est, chaleur du bébé mouton noir dans ses bras.

La cuisine de la maison en miniature où Babsy et Ira passent l'été. L'image brodée de rouge sur un tissu blanc, accroché au mur, l'intrigue. Une femme aux vêtements style années 1930, un cadenas, une clé, une cuisine et un écriteau. Que veut dire cette inscription mystérieuse? *Une cuisine sans femme est comme un cadenas sans clé?* Babsy lui dit: c'est de la foutaise ça, Dolorès. (Elle ne croit pas en ce dicton arriéré car, chez eux, c'est Ira qui fait à manger. Sa spécialité: les schnitzels de veau et le goulasch. Il connaît un boucher juif qui l'approvisionne au marché noir. La seule chose que Babsy aime faire, ce sont des moussakas végétariennes et des *blintz*. Babsy préfère aller au restaurant avec ses amies, parce qu'elle en a assez de manger des schnitzels à longueur de journée. L'une d'entre elles l'invite une fois par semaine à la plus grande confiserie, chez Nestor. Elle en profite pour s'empiffrer de gâteaux et de glaces aux noisettes.)

C'est au tour de l'image d'Ileana en hôtesse et en cuisinière exquise de s'imposer avec grâce. La table garnie et couverte d'une nappe rose. Le son du cristal et des ustensiles en argent si agréable et rassurant. Les rires et les voix se fondant dans un silence de plus en plus lointain. Les couleurs et les contours de ce décor se défaisant dans un flou de plus en plus grand, pour finalement disparaître dans le noir.

La rêverie de Dolorès se voit temporairement interrompue par le bruit du train qui s'est arrêté dans une gare obscure. Elle regarde par la fenêtre couverte de buée et voit des paysans monter à la course avec de lourds sacs. Ils rentrent bruyamment dans le compartiment, ils parlent hongrois. Ils sentent aussitôt l'odeur du sac de viande fumée et des saucissons. L'un arrache des morceaux de la grosse miche de pain noir. Il offre un sandwich informe à l'enfant, tout en mastiquant avec bruit. Comme elle a faim, avant même d'obtenir la permission des parents, elle a déjà dévoré sa part. Là, elle a soif. L'homme lui tend la bouteille d'eau minérale Bibortzeni. Adina refuse les saucisses à cause de son état. Leonhardt, lui, ne mange pas de porc. C'est contre sa religion. La saucisse et le pain sont tombés comme une roche dans l'estomac de la petite.

Les hommes sortent dans le corridor et n'arrêtent pas de rire et de parler fort en hongrois.

Le contrôleur entre et troue les billets avec sa machine. *Clic, clic.* Il repart, en glissant la porte avec force.

Adina et Leonhardt sourient en voyant Dolorès tomber de fatigue sous leurs yeux. Le bébé bouge dans le ventre d'Adina et lui donne un coup de pied qui coupe la respiration de la mère. Leonhardt lutte contre le sommeil pour veiller sur eux. Dolorès retombe dans un délicieux état hypnotique, bercée au rythme des articulations mal huilées et des suspensions rouillées du train. Dort-elle déjà, dans ce wagon qui se dandine sur la voie ferrée de la liberté ?

Quel est le monde qui se cache derrière la trace de son haleine sur la fenêtre, là où elle a écrit «NU»?

La mer Noire sucrée par le Danube

Sur l'écran de la fenêtre, il y a la mer Noire, un jour de tempête. La mer est grise et défrisée. Dolorès l'aime quand elle est sauvage comme ça. Elle est étendue sur le sable enveloppée dans un drap blanc. Le vent est fort. Elle a des frissons. L'odeur du sable mouillé et celui du sel collé sur sa peau l'enivrent.

La frontière avec la Bulgarie n'est pas très loin. Des postes d'observation occupés par des soldats armés ponctuent le terrain orné de bourdons. Parfois, les soldats descendent sur la plage. Dolorès a un pistolet jouet, les soldats tirent avec le pistolet à ventouses du garçon manqué. Ils permettent à l'enfant de toucher et même de porter leurs longs fusils. Elle aime jouer avec les armes, mais pas avec les poupées, dont elle arrache les jambes.

La mer Noire : capricieuse, pas très Club Med. Parfois lisse, comme un lac bleu-vert foncé. Parfois gris-brun, agitée. Près du delta, vraiment noire. Dolorès l'a vue et même goûtée, une seule fois dans sa vie. C'était près de la ville où elle se déverse dans le Danube.

On l'avait envoyée dans un camp d'été pour les enfants des employés de l'hôpital où travaillait Leonhardt. Ça ressemblait plutôt à un camp de concentration. Des barbelés entouraient des tentes militaires où étaient logés les enfants. Mais Dolorès ne voyait pas ça, elle ne retenait que les bons côtés, comme les tartines à la marmelade, dont elle raffolait.

Un jour, un enfant cruel lui a fourré du sable noir dans la bouche. Elle a couru vers la mer qui était vraiment noire et s'est lavé la bouche avec de l'eau noire, épaisse et goudronnée.

C'est ici qu'elle danse pour une première et dernière fois en honneur de la fête nationale. Elle porte une robe rose de papier et une boucle blanche qui s'accroche mal dans ses cheveux de Noire, trop courts. On lui tire les cheveux et on la traite de négresse. C'est la deuxième fois qu'elle entend ce mot. La première fois, à la piscine de la Jeunesse, à Bucarest, un garçon rouquin lui avait lancé ce mot en pleine face, et elle avait compris, par son ton agressif, que ça devait être une insulte.

Dans le stade improvisé du camp de vacances, elle ressent le même malaise devant une injustice dont elle ne comprend ni la source ni l'enjeu. Optimiste de nature, malgré l'insulte de la camarade chorégraphe du camp, la négresse danse avec les vrais Blancs, sur la scène en bois, au milieu d'un jardin aride. Elle aussi fait des cercles et des étoiles, les bras en l'air, maladroitement. La musique militaire sort des haut-parleurs ; Dolorès danse jusqu'à ce que la tête lui tourne.

Ce n'est que le lendemain que les parents arrivent pour visiter ces prisonniers en herbe. Ils ont la journée libre grâce à cet anniversaire mémorable de la libération de la patrie du joug fasciste. Ils sont apparus par dizaines, derrière la clôture, à l'heure du goûter. Parmi eux, Adina et Leonhardt se tiennent par la main, intimidés par la scène des centaines d'enfants vus à travers les barbelés. Ils se sentent un peu coupables. Mais Dolorès, pour une raison obscure, aime cet endroit. Ils la regardent tendrement, elle leur a fait de loin un signe de la main en mangeant sa ration, une tranche de pain noir dur avec de la marmelade faite à partir de déchets de fruits. (Il faut s'entendre, la vraie confiture est destinée à l'export.) Elle a l'air contente, elle fait un autre signe à Leonhardt et à Adina, qu'elle est occupée. D'un coup, la mère se sent moins coupable. Dolorès leur tourne le dos et part jouer avec l'enfant à qui elle a pardonné de lui avoir rempli la bouche de sable noir.

Le faux sucre de la fausse marmelade suffit pour lui faire oublier que mer Noire peut goûter mauvais, qu'elle est dans un camp et que ses parents sont là, derrière la clôture, à l'attendre en vain.

La frontière (la lumière au bout du tunnel)

Combien de tunnels ont-ils traversés durant leur course folle vers la liberté ? Dolorès aurait pu les compter. L'enfant précoce connaît les chiffres jusqu'à cent. Mais elle en manque plusieurs. Quand elle ne dort pas, elle rêvasse. Elle parle peu. Sauf quand elle joue aux cartes avec les paysans hongrois. Mais cette courte reprise d'énergie est vite dissipée. Le train bouge avec caractère.

Elle se réveille de temps à autre, se retrouvant tantôt sur le bord de la fenêtre, tantôt sur le corps fatigué de sa mère. Parfois, elle dépose sa tête sur la petite table. Elle a mal partout, elle est dans un état gommé et confus. Plus de distinction entre la réalité, les rêves et les souvenirs.

Elle réentend les murmures, elle se rappelle la nervosité dans la maison le jour où Leonhardt a annoncé leur départ, revoit ses va-et-vient, les apartés avec Adina, son impatience lorsqu'elle faisait des vocalises.

Permutations de valises de droite à gauche, objets de la maison qui disparaissent sous ses yeux. Adina qui vomit après chaque repas ou presque. Toujours couchée. Elle a arrêté de donner ses cours de chant. Dolorès perplexe devant sa mère inactive. Blessée par l'impatience du père. Le bébé dans le ventre d'Adina, trop abstrait pour Dolorès. Des visites fréquentes chez les grands-parents. Babsy lui faisant des *blintz*. Ira l'emmenant au jardin zoologique et parfois, en cachette, à la synagogue. La larme à l'œil d'Ileana lorsqu'elle regarde la petite qui fait des dessins. Bunu la tête haute qui joue du Chopin. La tension dans l'air, les non-dits, la tristesse mêlée d'excitation.

Le secret fait la loi. La liste de cet homme d'affaires qui fait de l'import-export de viande. C'est lui qui fait sortir les gens aussi, des juifs. L'export de Leonhardt Golden, d'Adina et de Dolorès n'est qu'à quelques noms près. Cet autre secret que le détective Dolorès dévoile, un soir de Noël. Le tram à moitié vide où elle dit, assise sur son tricyclique avec un siège en bois rouge reçu du père Noël : «Je sais où est mon papa, il est à A-Z-M-A-R-A !» Les visages blancs d'Adina et de Leonhardt. Leurs bras l'entourant comme pour créer un mur de silence. La descente précipitée à l'arrêt suivant. La marche silencieuse par-dessus les bancs de neige sale. Elle a compris. Le salon d'Ileana où elle surprend une conversation murmurée. Le monsieur avec la peau très noire qui parle avec la grand-mère, à voix basse. Le changement soudain de conversation. Dolorès a le temps d'entendre l'essentiel. Ensuite, dans le jardin, les mains sur les oreilles, elle crie. Personne ne l'entend. Dinu au piano en haut, Ileana accompagnant le monsieur noir sans doute pour lui parler encore en peu, en privé. La décision de Dolorès. Dorénavant, c'est Leonhardt, son papa blanc.

Elle se rappellera à jamais ce jour gris où Leonhardt arrive à la course. Il prend Adina dans ses bras, il prend ensuite Dolorès et leur dit : «Ça y est ! On a les papiers !» Il répète ça, il fait tourner Adina et Dolorès dans les airs. Elle ne comprend rien de cette histoire de papiers, mais voit bien que ça doit être spécial. D'après les larmes de joie, ça doit être vraiment quelque chose. Adina lui explique qu'ils vont partir très loin tous les trois, que c'est un secret, qu'il ne faut surtout pas le dire. À personne, tu comprends? Dolorès sait ce qu'est un secret. Un secret, c'est quelque chose qu'il ne faut pas dire, mais que les gens finissent par dire quand même à d'autres, dans l'oreille, en leur disant de ne pas le dire.

Elle ouvre les yeux. Le train a ralenti. Ses parents et les Hongrois font la conversation. Tout à coup, les lumières s'éteignent. Sans le savoir, ils entrent dans le dernier tunnel avant la frontière. À l'autre bout, bientôt, la liberté pour cette famille en fuite. Leur passé est maintenant derrière eux, de l'autre côté du rideau de fer. Le futur promis par le rond de lumière au bout du tunnel est en train de devenir présent. Ils sont dans la lumière.

Il y a un bruit aigu et violent de freins. *Scrtchhhhhhh!* Métal frottant sur métal, des étincelles voletant autour.

Par la fenêtre, Dolorès voit des hommes en uniforme. Des chiens jappent. Le contrôle des passeports commence dans un bruit de bottes. La porte du compartiment s'ouvre avec violence: *Pass, bitte!*

Généalogie marine

Je l'ai dit plus d'une fois : mes parents sont la mer. J'ai dit : mon père est la mer Rouge, ma mère est la mer Noire. C'est pour ça que je les aime tant. Je suis Dolorès D., le bébé sirène de l'anarchie.

Je sors de l'eau et je regarde l'horizon. Je m'allonge directement sur le sable brûlant. Le soleil est très fort. Mais je ne sens plus rien. Je pense à elle, je pense à lui. Leurs images flottent. Ma mère est en robe de diva sur la scène du Carnegie Hall. Elle se déplace avec sa traîne, elle bouge les mains avec grâce. Elle se penche, salue le public. Je n'entends rien. Je n'entends ni la voix de ma mère qui transperce la salle ni les applaudissements qui ont dû être assourdissants. Le public est debout, elle disparaît derrière le rideau. Je vois cette image muette de son dernier spectacle, je vois l'adieu d'Adina à la scène.

Dans une autre image, elle est là, avec son gros ventre plein de Ion Ion, mon futur demi-frère. Je la vois ensuite sur la plage de Patara, en Turquie, jeune et heureuse avec nous tous. Elle court avec le chien. Ion Ion est dans l'eau avec Leonhardt. Moi, je suis là, un peu en retrait, je les regarde. Je la vois encore une fois.

Elle est maintenant assise dans un café du Campo dei Fiori à Rome. Elle est rayonnante de bonheur devant son cappuccino. Elle se lève en fumant une cigarette MS Slim. Elle prend Leonhardt par la main. Moi, je lui prends l'autre main. Je la vois en train de faire ses courses à New York. Elle est coquette, mais elle a perdu cet éclat de bonheur qu'elle avait en permanence à Rome. Elle l'a toujours dit, Rome a été sa ville. *Per sempre.*

Je vois sa détresse devant la boîte où est enfermé Leonhardt mort, défiguré par l'accident. C'est ce jour-là qu'elle aussi est un peu morte. Ion Ion fait ses adieux au père. Il est quitte avec John John, son jumeau Kennedy.

Ils disparaissent tous dans les vagues des mers qui communiquent.

Tourisme de l'espace

Depuis ce jour glorieux de la conquête de l'espace par les femmes, plusieurs premières dames, d'abord des cosmonautes qu'on a appelées ensuite astronautes, s'y sont succédé, sans trop créer d'émoi, car Valentina nous a un peu blasés : Jerry Cobbs, Sally K. Ride, Julie Payette, Svetlana Savitskaya ont défilé en apesanteur, sur la pointe des pieds, un peu en retard, sans faire de bruit. Avant elles, plusieurs hommes. Certains ont laissé de grosses traces de bottes sur la Lune, d'autres y ont laissé leur peau, sans jamais être retrouvés. Des Russes, des Américains se sont alternés dans une course endiablée sur fond de guerre froide. Depuis que les murs et les rideaux de fer sont tombés, les Chinois et même les Indiens sont entrés dans la danse.

Ensuite, la mode des touristes a donné le feu vert aux hommes riches de satisfaire leur caprice ultime. Une femme n'a pas tardé à manifester son propre fantasme des hauteurs.

Quand la belle Iranienne du nom de Anousheh Ansari se retrouve avec bonheur dans la cabine de Soyuz TMA-9, que voit-elle, en tant que première femme touriste de l'espace?

Il paraît que, s'il fait suffisamment beau, on peut apercevoir les œuvres d'art monumentales de l'humanité, ces merveilles du monde, dont la Muraille de Chine. L'a-t-elle vue? Chose certaine, elle n'aura pas vu sa copie, reproduite à Dubaï, à Falcon City, dans un de ces paradis du faux ou cohabiteront côte à côte la tour Eiffel et les fausses pyramides converties en condos et en bureaux.

Si l'artiste du Québec César Saez avait eu les fonds pour lancer sa banane géante au-dessus du Texas comme prévu, elle aurait sans doute été amusée par ce projet audacieux et plein d'humour. Ça met de bonne humeur, une banane servie sous son nez, comme ça, en plein vol.

Lorsque Soyuz passe au-dessus du continent africain, Anousheh doit distinguer, même si c'est un jour un peu nuageux, un grand triangle et un autre, plus petit, à côté. Elle sait que c'est le Sinaï, car elle y a passé déjà de très belles vacances à Sharm el-Sheikh ; elle a même gravi le mont Sinaï à dos de chameau.

Elle ignore, par contre, que les femmes, encadrées par les contours de ces deux triangles, ont des destins qui se croiseront. De là-haut, tout comme Valentina, elle passera à côté de nos vies. Même les lentilles les plus sophistiquées n'auront assez de force focale pour attirer l'attention sur les détails et les mouvements de notre existence sur Terre.

Pourtant, durant une fraction de seconde, elle croit apercevoir une image gigantesque qui flotte comme une feuille de papier, portée par un vent de fin d'automne. Elle n'arrive pas à bien voir ce qu'elle représente. Seule moi le sais, car je l'ai vue de plus près, à la cime du mont Sinaï : l'image d'une absence. La photo de Habib.

Quand la fusée tourne, je me demande combien de temps ça prend pour revenir par-dessus un même endroit. Comme ça, je peux évaluer ce que Anousheh Ansari a pu manquer, tout comme Valentina.

Pour ce qui est de ce bar du Caire où je me trouve depuis peu, il est difficile de voir au-delà des murs capitonnés, insonorisés, qui protègent contre l'indiscrétion. Je ne suis pas sûre qu'elle puisse ni imaginer ni deviner ce qui m'y attend.

Happy ending sur fond de tempête de sable (*The show must go on*)

11

Rahat Loukoum aux roses et «thé égyptien» (Lipton)

La folle d'Asmara

Quand j'ouvre les yeux, j'ai juste le temps de voir la reine en train de saluer le public. Elle se penche, me regarde une dernière fois, droit dans les yeux, avant de s'éclipser.

Je demeure immobile au milieu d'un nuage épais de fumée bleutée, semblable à des serpents enchantés et transparents. L'odeur de tabac égyptien mélangée à celle des chichas à la pomme m'enivre. Sous l'effet doux, presque droguant de la scène, je me sens agréablement intoxiquée. Et c'est là que ça me revient. Oui, cette vieille femme d'Asmara qui m'avait balbutié quelque chose. Elle n'avait plus de dents dans la bouche. En voyant par-dessus mon épaule la photo de Habib que je montrais au marché, elle m'avait dit: «*He ouman.*» Il femme.

Elle faisait des gestes obscènes de hanches qui ondulent. Après, elle s'était renfermée dans le silence, le regard perdu. La foule qui la suivait avait aussitôt formé un cercle qui étranglait la vieille femme, selon eux cinglée. Les gens me faisaient signe de ne pas faire attention à elle. De la laisser dans son monde. Ils tournaient la main comme s'ils dévissaient une ampoule.

Je me suis éloignée du cercle agressif qui, en la relâchant, a continué à pointer vers la folle d'Asmara. J'ai quitté le marché, ensuite la ville, troublée par son image squelettique, par ses mots mastiqués, mais surtout par cette phrase mystérieuse. Connaissait-elle vraiment cet homme de la photo devenu femme ? L'épisode que j'avais effacé de ma mémoire pour donner raison à la voix saine de la masse me revient à présent, dans ce bar enfumé du Caire.

Quand je me réveille de ma transe, la *Queen of Asmara* disparaît lentement sous mes yeux fermés, son maquillage dégoulinant par-dessus le fond de teint qui blanchit son visage. Cette boue cosmétique qui se forme, est-ce la transpiration ou les larmes qui font ça ? Elle balaie du regard une dernière fois la salle, triste et perdue. La reine déchue disparaît aussitôt derrière l'épais rideau en velours rouge. Mais moi, je ne vois pas ça.

Le lendemain, j'y retourne dans l'espoir de lui parler. L'ambiance a changé. De nouveaux numéros ont remplacé ceux de la veille. Je n'avais jamais vu un spectacle aussi éclaté dans cette ville. Au lieu des vedettes personnifiées par des travestis ou des danseurs du ventre, une série de performeurs, tous plus farfelus les uns que les autres, se sont succédé cette nuit-là. J'attends la fin du *show*. Une version de Madonna un peu trop baraquée a pris la scène d'assaut entre-temps. Je ne comprends pas. Quand je demande : « Et la reine d'Asmara ? », on hausse les épaules.

C'est ainsi qu'elle s'est éclipsée. L'être d'Asmara. Je n'ose plus dire l'homme. Il ou elle sort à jamais de ma vie sur fond de *feedback* et de musique arabe, sur fond de disco, sur fond de rideau rouge, rouge comme le sang, rouge comme le drapeau de mon pays et comme le nom de son pays à lui. Rouge comme sa mer.

Cependant, en haut de la citadelle

Trois petits tours

Qui sait ? Peut-être qu'au même moment, sur la petite scène de la citadelle de Saladin, derrière la mosquée, Amr, le derviche tourneur, ensorcelle le public avec ses pirouettes. Est-il en train de tourner avec la même conviction que la première fois, celle où Amina l'avait aperçu ? Comme une toupie, avec sa jupe multicolore ?

Elle était assise dans la rangée juste devant la scène. Amr avait tourné à deux pas d'elle, on aurait dit qu'il tournait pour elle. Un cyclone de sueur suivait ses mouvements, et les fines gouttes de transpiration partaient comme une pluie en spirale. Une goutte avait atteint le visage de la spectatrice de la première rangée, à qui il avait ensuite fait tourner un peu la tête, pour un temps. Peut-être qu'à présent, une autre femme assise en première rangée, est en train de recevoir le baptême du derviche, en prochaine victime.

Chose certaine, Amina n'ira plus le voir danser, c'est elle qui me le dira, elle me racontera comment le fin mot de leur amour incongru est apparu soudainement, comme sur le générique d'un mauvais film de série B, dont ils auront été les acteurs fulgurants.

...

Kebab trop cuit,
frites et bière Stella

La mille et unième nuit

Amina est arrivée du Sinaï par le car de minuit. J'aurais tant voulu qu'elle puisse voir le spectacle de la *queen*. Nous sommes allées manger au Club hellénique des tranches de feta avec du melon d'eau et nous avons partagé un kebab. Nous étions assises sur une de ces chaises en plastique moulé qui contrastent un peu avec la prétention du lieu. Amina a pris une bière Stella, moi de l'eau de Siwa. Il y avait pas mal de gens du théâtre, du cinéma ; les artistes et tous ceux qui aiment le feta et la conversation étaient arrivés par grands groupes. Le décor était de toute évidence moins chic et théâtral, mais le côté kitsch à la grecque rendait l'établissement assez sympathique.

Il y avait pas mal de clients réguliers, dont celui qui se mettait toujours au centre, un homme bedonnant qui ressemblait à Coppola, en habit de lin blanc et avec un chapeau, entouré d'une cour d'admirateurs (il paraît que c'est un réalisateur célèbre). La femme avec des lèvres de silicone qui l'accompagnait (une actrice ayant des ambitions pour un rôle principal dans son prochain film?) était couverte de pendentifs. Amina avait déjà vu sa photo, dans la vitrine du photographe Ashraf. Elle aspirait chaque mot sortant de la bouche pleine de kebab du maître. Notre Coppola égyptien s'empiffrait avec joie et, tout en écoutant distraitement la conversation, il regardait dans tous les sens, le cou tordu, pour repérer ses adorateurs. Quand sa caméra-tête s'est posée en axe avec la table où était assise Amina, il s'est levé et est venu la saluer. «Votre projet de palais, ça avance bien?» Amina lui a répondu qu'elle comptait aller à Rome et à Istanbul pour compléter sa recherche historique. Elle voulait en profiter pour filmer quelques lieux clés pour des projections vidéo: la rue de l'assassinat du grand vizir à Rome et le palais de la princesse Amina sur le Bosphore.

En descendant, nous nous sommes arrêtées à l'étage inférieur, devant la majestueuse salle à manger du café Groppi. Il n'y avait personne, alors nous avons fait semblant de danser la valse. Un parfum de cardamome nous a enveloppées et nous a suivies jusque dans la rue Champollion, devant la galerie Mashrabiya. Des amis à Amina étaient assis à une table sous un arbre. Ils ont commandé des cafés *mazbout*, et c'est ainsi qu'Amina est sortie du creux d'une vague de fatigue. Au début, elle a juste écouté d'une oreille absente la musique des sons qui sortaient de leurs bouches. Il y avait deux catégories d'hommes : ceux du camp Mohamed et les Ahmed. Deux d'entre eux (du premier camp) parlaient au téléphone, les jambes allongées, légèrement écartées. Un des Ahmed, l'ami monteur de Hany, était silencieux. Il y avait une seule autre fille autour de la table : Dalia, une danseuse égyptienne aux yeux bleus. Amina l'aimait bien. Elles sortaient parfois dans un restaurant au bord du Nil, et Dalia se confiait à elle. Elle aimait un garçon chrétien, mais elle savait que, le moment du mariage venu, elle n'aurait aucune chance.

Sous l'effet revigorant de la caféine, Amina a lancé : « Si on allait voir le palais de nuit ? » Hany a décliné l'offre, invoquant qu'il se sentait *lazy*, et sa cour l'a suivi dans sa décision paresseuse de rester. Seule Dalia a dit : « Soit, moi, je viens. » Nous nous sommes donc dirigées toutes les trois dans la pénombre de la ruelle vers l'entrée du palais.

Nous avons frappé fort sur la taule verte. Le gardien nous a ouvert la grande porte bordée de fer forgé. Il était un peu endormi, mais nous a quand même laissé entrer.

Il faisait noir, nous avions un peu peur des fantômes, là, au milieu de la poussière épaisse, des meubles cassés et des bruits non identifiables. Amina a montré à Dalia où aurait lieu l'action : «Ce sera sur deux étages, les spectateurs se déplaceront en suivant les acteurs, il n'y aura pas de scène.»

Amina (le personnage) porterait une robe de mariée déchirée en fil de fer. Amina (la vraie) était surexcitée, ce lieu l'inspirait tellement. Mais Ibrahim, le gardien, a interrompu cette effervescence créative : il voulait aller se coucher et fermer boutique. Il a dit : *halas*, nous avons compris qu'il fallait quitter les lieux.

Nous sommes rentrées à pied. Il n'y avait presque plus de trafic. Nous marchions au milieu de la rue et Amina ne pouvait plus s'arrêter de parler. Elle sautait d'un sujet à un autre. Tantôt c'était une idée sur sa pièce, tantôt elle me parlait de Hany, elle aurait voulu qu'ils collaborent, mais il était complètement absorbé par son festival à lui. À un moment donné, le sujet d'Amr est revenu, alors une grande porte s'est rouverte. Jusqu'à l'aube, nous avons parlé. C'est ainsi qu'a pris fin cette dernière nuit, sur la terrasse de l'hôtel Oasis, où elle a réservé une chambre avec vue sur la ville qui scintille.

Le goût sucré de la sueur

Ce que l'oracle du mont Sinaï
avait caché à Amina

« Tu le verras pour la première fois dans une mémorable transe sur la scène de la citadelle. Il tourne et tourne encore avec sa jupe multicolore. Pendant une heure, il tourne, toujours dans la même direction, là, juste devant toi. Tu es dans la première rangée. La place à droite est libre, l'autre est occupée par un bel homme qui gesticule et qui fait la conversation avec tout le monde. Il a l'air d'un habitué. Il a même parlé avec un des danseurs avant que le spectacle commence. Oui, tu le reconnais maintenant. C'est lui qui attire et captive ton regard. Tu te demandes comment il fait pour ne pas tomber. Tu as le vertige juste à le regarder. Tu te demandes, en rigolant, comment doivent être ces danseurs au quotidien ? Sont-ils un peu étourdis ?

«Une fois son numéro fini, le soliste virtuose vient s'asseoir à côté de toi sous prétexte qu'il souhaite parler à l'homme aux lèvres pulpeuses. Mais très vite il se retourne vers toi. Il est beau dans son habit de sport Adidas rouge aux lignes blanches. Sa peau est foncée, il transpire encore, ses cheveux mouillés sont attachés en queue de cheval. Un regard éclatant. Il sourit en t'adressant la parole. Le reste sera bientôt de l'histoire ancienne. Tu lui résisteras, il insistera. Il t'aura par la force de la ténacité. Il ne prendra pas ton refus. Ensuite, une fois qu'il t'aura conquise, il t'aimera à sa façon, en tourbillon.

«Votre dernière nuit, un mauvais acteur et Amr, en pyjama. Il avouera que c'est son acteur favori. Toi, tu ne connaîtras pas le nom de ce mec musclé, un sous-produit de Schwarzenegger.»

Voilà ce que l'oracle du mont Sinaï avait omis de lui prédire un an auparavant, question de la ménager.

Maïs soufflé
et barbe à papa rose

L'adieu au Nil

L e trafic est insupportable et les klaxons assourdissants. La température a dépassé les 40 degrés Celsius. Le chauffeur de taxi est nerveux. Il lève les bras vers le ciel. Il crie par la fenêtre. Une bouffée de fumée noire et chaude entre dans le véhicule. Nous décidons de descendre en plein milieu de la Corniche, car elle complètement bloquée. L'homme n'est pas content et veut plus d'argent. Amina lui met dans la main une liasse de billets chiffonnés.

J'ai des ampoules aux pieds, ma tête déborde des images de la *queen*, mon esprit tend vers chaque artère qui mène vers le pont. Je suis Amina comme une automate. Nous arrivons à l'intersection sur les ailes d'Hermès aux souliers.

Le Kubri Kasr el-Nil regorge de jeunes garçons en chaleur qui crient des noms, accrochés aux balustrades. Des couples regardent le Nil, des femmes voilées à côté d'hommes en pantalon plissés à la taille. La brise fait onduler leurs longues robes. À l'intersection infernale de Tahrir Square, j'ai un moment de panique. Les voitures arrivent à toute vitesse de tous les côtés. Un soldat me prend par la main et me guide. Il me traîne, il a confiance, il sait se faufiler. Avec mes talons hauts, j'ai mal aux pieds.

Tout à coup, de l'autre côté du square, je vois Amina en train de courir avec sa longue robe de lin, son sac levé dans un geste pour taper un jeune. Elle court comme une amazone, ses cheveux dans le vent. Le type a peur d'elle, il se sauve comme un lâche. Les passants sont sidérés. Je reste là, debout, moi aussi perplexe. Victorieuse, elle se dirige vers moi et me dit : « Tu as entendu ce qu'ils ont dit, ces salauds ? » Elle répète, essoufflée : *Ai ouant to feukü.* Nous continuons à marcher en riant, mais ma cheville se tord et je tombe. Amina me tend la main. Nous allons vers l'autre extrémité du pont, où il y a un parc très populaire.

Des couples et des familles se baladent par dizaines près de l'eau pour se rafraîchir dans la brise du Nil. Des jeunes font des courses sur des trottinettes métalliques. Parfois, le bord des robes ou des pantalons freinent l'élan des enfants qui jouent au foot. Les gens boivent du *chai,* du Sprite, du

Mirinda, la version locale de l'orangeade, d'une couleur trop vive qui fait penser à une potion synthétique. Ils mangent en marchant du maïs soufflé, des croustilles, de la barbe à papa ou des glaces multicolores. Les amoureux dont on a légalisé le statut sont assis, légèrement collés, *ma non troppo*. Parfois, ils tournent la tête l'un vers l'autre et leurs regards se rencontrent. Les plus téméraires et les mariés se tiennent par la main ou par le bras. Des jeunes adolescentes en hidjab et en jeans serrés sont des exemples de plus en plus nombreux de la nouvelle mode. On les voit la tête couverte, comme des poupées russes, mais avec des T-shirts serrés à la Britney Spears. La femme en niqab assise à côté de moi avec son mari barbu fait *tz tz tz* avec dédain. Elle désapprouve la tenue d'une jeune fille au débardeur trop moulant.

Devant elle, une petite fille habillée comme une poupée Bella qui dit *mama* sautille, en faisant de la musique avec ses sandales. En même temps que ces sons aigus, des lumières rouges collées sur les semelles assurent le plaisir visuel.

Je tourne la tête. La promenade sur le bord du Nil a été transformée par magie en plateau de tournage. Des hommes forts ont apporté les éclairages et l'équipement. Il faut faire vite. Le pont est plus congestionné que tout à l'heure. Les gens regardent avec fébrilité vers le bas. Ils applaudissent à chaque prise. Le réalisateur, la casquette à l'envers, fait des signes désespérés vers les *fans*. *Hamsa*. Juste cinq minutes de silence ! Il l'implore en langage des signes, l'acteur perd un peu sa concentration devant l'attention accrue du peuple. Il doit être une grande *star*. Les gens viennent un par un sur le plateau sans problème, lui serrent la main entre deux prises.

La scène finale et mémorable du *lover* égyptien qui fume sa cigarette au bord du Nil se déroule dans le chaos. L'homme, élégant en habit et cigarette à la main, repasse : une fois, deux fois. « Coupez ! Action ! » Il doit dire ça, en arabe, le réalisateur à la casquette à l'envers. On le sent de plus en plus nerveux. La foule applaudit en criant le nom de l'homme en habit.

Au deuxième plan, les bateaux illuminés par des ampoules multicolores résonnent de musique arabe ou disco. Ils sillonnent le Nil à toute allure. Des silhouettes se déhanchent dans des danses électrisantes. Haut les mains !

Rythmées par le vent, par les vagues, par la musique, les taches de couleurs se reflètent sur la surface bleu pétrole, bougent et se défont dans des abstractions surprenantes. Place à l'imaginaire ! Je me perds dans mes pensées. Un défilé de disparus flottants commence sur des courants parallèles. Comme des chars allégoriques, ils passent un par un, font des signes d'adieu avec les bras et cèdent la place au suivant.

Amina pense à Amr, qui doit être en train de tourbilloner sur la scène de la citadelle.

Je regarde l'eau. La tête de Habib apparaît une fraction de seconde. La même image de lui, la seule photo. Ensuite, une nouvelle figure se superpose : celle du travesti avec sa perruque blonde. J'ai l'impression de voir le rouge à lèvres se déformer comme une tache d'huile sur la surface de l'eau. Mais la brise les fait disparaître aussitôt, dans les plis de l'eau. Habib, mon père au corps et à l'image distordus, s'éloigne dans le chaos de la rumeur qui m'a suivie d'Asmara à ici ; son nom se couvre des sons de la ville. Bientôt, il se confondra avec les reflets du Nil.

Allah Akbar ! Des mille minarets, les voix des imams sortent presque à l'unisson. Mille et une voix qui disent la même chose, qu'Allah est le plus grand.

Je sors la photo de mon sac. L'espace est soudainement compris dans ce rectangle qui enferme Habib et son passé inconnu. Devant les adolescents en chaleur et les couples penchés sur les balustrades du pont, je suis prête à poser un geste irréversible. Nous serons tous témoins de la libération du temps brisé, enfermé dans cette photo teintée de folie et de morts en série.

Je jetterai la fameuse image emblématique dans le fleuve. Juste avant, je la déchirerai le plus possible. Je finaliserai ainsi le geste arrêté de ma mère.

Les fragments de Habib tomberont dans le Nil, en mille morceaux, en même temps que la dernière prière de la mille et unième nuit. Son portrait déchiré volera comme des papillons morts qui atterriront dans le Nil. Les fragments du père flotteront durant un court moment encore et partiront à côté des déchets en direction du delta.

Son image se dissoudra dans l'eau, elle ne sera qu'une somme de reflets d'histoires inachevées.

Habib ne sera désormais qu'une mémoire jetée dans l'eau violacée du plus long fleuve du monde.

Épilogue

Demain, une tempête de sable balaiera la ville et la couvrira d'un voile verdâtre, jaunâtre et ocre. Nous serons tous couverts d'un filtre de poussière, et les voitures sembleront tout droit sorties des décombres des tours jumelles. Graduellement, l'ambiance post-apocalyptique s'apaisera, juste à temps pour le spectacle de Georges Moustaki sur la grande scène de la citadelle.

Le juif errant, fils de pâtre grec, sera tout vêtu de blanc. Il n'aura pas le choix, même s'il n'en a peut-être plus envie, de chanter *Avec ma gueule de métèque* devant un public en délire. Le vent commencera à souffler, les gens s'abriteront près de la scène, sous les arcades, ça soufflera fort, de la poussière de sable, il fera un peu frais, Moustaki se mettra une écharpe blanche «pour ne pas attraper le rhume», sa femme, furieuse, piquera une crise devant l'invasion de *fans* sur la scène. Mais il ne s'en fera pas, il sera heureux d'être de retour dans son pays. Il dansera un dernier sirtaki nostalgique pour conclure son spectacle. La vue sera magnifique, la ville en lumière à ses pieds, la symphonie polyphonique urbaine, et lui, en blanc, sur scène, avec ses cheveux blancs.

Du même auteur

Évanouissement à Shinjuku, roman,
Montréal, Marchand de feuilles, 2005.

Achevé d'imprimer sur les presses
de Transcontinental Métrolitho
à Sherbrooke, Québec, Canada.
Premier trimestre 2010